De qué hablamos
cuando hablamos de amor

Raymond Carver

De qué hablamos cuando hablamos de amor

Traducción de Jesús Zulaika

EDITORIAL ANAGRAMA
BARCELONA

Título de la edición original:
What We Talk About When We Talk About Love
Random House
Nueva York, 1981

Ilustración: © Patricia Cruz

Primera edición en «Panorama de narrativas»: septiembre 1987
Primera edición en «Compactos»: marzo 1993
Primera edición en «Compactos 50»: mayo 2019
Vigesimotercera edición en «Compactos»: septiembre 2025

Diseño de la colección: Julio Vivas y Estudio A

ISBN: 978-84-339-4783-3
Depósito legal: B. 10435-2025

Printed in Spain

Liberdúplex, S.L.U., ctra. BV 2249, km 7, 4 - Polígono Torrentfondo
08791 Sant Llorenç d'Hortons

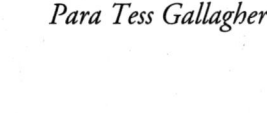
Para Tess Gallagher

El autor se complace en reseñar aquí la recepción de una beca del John Simon Guggenheim Memorial y otra del National Endowment for the Arts. También desea expresar su agradecimiento y su admiración por Noel Young, de Capra Press.

¿POR QUÉ NO BAILÁIS?

Se sirvió otra copa en la cocina y miró los muebles del dormitorio, situados en la parte delantera del jardín. Excepto el colchón desnudo y las sábanas a vivas rayas, que descansaban junto a dos almohadas sobre el chifonier, todo mostraba un aspecto muy semejante al que había tenido el dormitorio: mesilla de noche y pequeña lámpara a su lado de la cabecera, mesilla de noche y pequeña lámpara al otro lado, el de ella.

Su lado y el lado de ella.

Pensó en ello mientras bebía a sorbos el whisky.

El chifonier se encontraba a unos pasos del pie de la cama. Aquella mañana vació los cajones, y en la sala estaban las cajas de cartón donde había metido lo que contenían. Junto al chifonier había una estufa portátil. Y al pie de la cama, una silla de bejuco con un cojín de diseño exclusivo. Los muebles de cocina, de aluminio bruñido, ocupaban parte del camino de entrada. Un enorme mantel de muselina amarilla –era un regalo– cubría la mesa y colgaba a los lados. Sobre la mesa había un tiesto con un helecho, una vajilla de plata en su caja y un tocadiscos. También eran regalos. Un gran televisor de consola descansaba sobre una mesa baja, y a unos pasos había un sofá y una butaca y una lámpara de pie. El escritorio estaba colocado contra la puerta del garaje, y en el camino de entrada había una caja de cartón con tazas, vasos y platos envueltos por separado en papel de periódico. Aquella mañana vació los armarios, y todo lo que había en ellos estaba fuera de la casa, salvo las tres cajas de cartón de la sala. Mediante un cable alargador tendido al exterior había conectado lámparas y aparatos. Todo funcionaba igual que cuando había estado dentro de la casa.

De cuando en cuando un coche reducía la marcha y los ocupantes miraban, pero ninguno se paraba.

Se le ocurrió que tampoco él lo habría hecho.

—Debe de ser una liquidación casera —le dijo la chica al chico.

Estaban amueblando un pequeño apartamento.

—Veamos lo que piden por la cama —dijo la chica.

—Y por el televisor —dijo el chico.

El chico enfiló el camino de entrada y detuvo el coche ante la mesa de la cocina.

Se bajaron y empezaron a mirar las cosas: ella tocaba el mantel de muselina, él enchufaba la batidora y apretaba el botón de PICAR; ella cogía el calientaplatos y él encendía el televisor y hacía pequeños ajustes con los mandos.

El chico se sentó a ver la televisión en el sofá. Encendió un cigarrillo, miró a su alrededor, tiró la cerilla al césped.

La chica se sentó en la cama. Se quitó los zapatos y se tendió de espaldas. Le pareció ver una estrella.

—Ven aquí, Jack. Prueba la cama. Trae una de esas almohadas.

—¿Qué tal es? —dijo él.

—Pruébala —dijo ella.

El chico miró en torno. La casa estaba a oscuras.

—No me siento a gusto —dijo—. Será mejor que mire si hay alguien ahí dentro.

La chica se puso a brincar sobre la cama.

—Pruébala antes —dijo.

El chico se echó en la cama y se puso la almohada bajo la cabeza.

—¿Qué te parece? —dijo ella.

—Parece sólida —dijo él.

Ella se volvió sobre un costado y le puso una mano en la cara.

—Bésame —dijo.

—Levantémonos —dijo él.

—Bésame —dijo ella.

Cerró los ojos. Lo abrazó.

Él dijo:

—Veré si hay alguien en la casa.

Pero se sentó y se quedó donde estaba, haciendo como que miraba la televisión.

A derecha e izquierda de la calle, las casas se iluminaron.

—¿No sería divertido si...? —dijo la chica, y sonrió abiertamente y dejó la frase a medias.

El chico rió, pero sin ningún motivo especial. Sin ningún motivo especial, asimismo, encendió la lámpara de la mesilla.

La chica se quitó de encima un mosquito, y el chico se levantó y se metió la camisa en los pantalones.

—Voy a ver si hay alguien en la casa —dijo—. No creo que haya nadie. Si hay alguien, preguntaré cuánto piden por las cosas.

—Pidan lo que pidan, ofrece diez dólares menos. Es una buena táctica —dijo ella—. Además, deben de estar desesperados o algo así.

—Es un televisor muy bueno —dijo el chico.

—Pregúntales cuánto —dijo la chica.

El hombre se acercaba por la acera con una gran bolsa de supermercado. Traía bocadillos, cerveza, whisky. Vio el coche en el camino de entrada y a la chica en la cama. Vio el televisor encendido y al chico en el porche.

–Hola –le dijo el hombre a la chica–. Ya has visto la cama. Perfecto.

–Hola –dijo la chica, y se levantó–. La estaba probando. –Dio unos golpecitos a la cama–. Es una cama estupenda.

–Es una buena cama –dijo el hombre, y puso la bolsa en el suelo y sacó la cerveza y el whisky.

–Pensábamos que no había nadie –dijo el chico–. Nos interesa la cama, y quizás el televisor. Puede que también el escritorio. ¿Cuánto quiere por la cama?

–Pensaba en cincuenta dólares –dijo el hombre.

–¿La dejaría en cuarenta? –preguntó la chica.

–La dejo en cuarenta.

Cogió un vaso de la caja de cartón. Le quitó la envoltura de periódico. Rompió el precinto del whisky.

–¿Y el televisor? –dijo el chico.

–Veinticinco.

–¿Lo dejaría en quince? –dijo ella.

–Está bien, quince. Lo dejo en quince –dijo el hombre. La chica miró al chico.

–Eh, chicos, tomad un trago –dijo el hombre–. Hay vasos en esa caja. Me voy a sentar. Me voy a sentar en el sofá.

El hombre se sentó en el sofá, se acomodó sobre el respaldo y miró al chico y a la chica.

El chico sacó dos vasos y sirvió dos whiskies.

–Ya basta –dijo la chica–. El mío lo quiero con agua.

Acercó una silla y se sentó a la mesa de la cocina.

–Hay agua en aquel grifo –dijo el hombre–. Abre aquel grifo.

El chico volvió con el whisky con agua. Se aclaró la garganta y se sentó a la mesa de la cocina. Sonrió. Pero no bebió de su vaso.

El hombre miró la televisión. Apuró su whisky y empezó el segundo. Alargó la mano y encendió la lámpara de pie. Precisamente entonces el cigarrillo le resbaló de los dedos y fue a caer entre los cojines.

La chica se levantó y le ayudó a encontrarlo.

–Bueno, ¿qué quieres que nos llevemos? –le dijo el chico a la chica.

Sacó el talonario y se lo llevó a los labios, como si pensara.

–Quiero el escritorio –dijo la chica–. ¿Cuánto es el escritorio?

El hombre, ante lo absurdo de la pregunta, hizo un movimiento con la mano.

–Di una cantidad –dijo.

Los chicos estaban sentados a la mesa. El hombre los miró. A la luz de la lámpara, creyó ver algo en sus caras. Algo agradable o desagradable. ¿Quién podía saberlo?

–Voy a apagar la televisión y a poner un disco –dijo el hombre–. También vendo el tocadiscos. Barato. ¿Cuánto me dais por él?

Se sirvió más whisky y abrió una cerveza.

–Lo vendo todo –dijo.

La chica alargó el vaso y el hombre le sirvió whisky.

–Gracias –dijo la chica–. Muy amable.

–Se te sube a la cabeza –dijo el chico–. Se me está subiendo a la cabeza. –Alzó el vaso y lo agitó.

El hombre acabó su whisky y se sirvió otro. Luego encontró la caja de los discos.

–Elige algo –le dijo a la chica, y le tendió los discos.

El chico extendía el cheque.

–Éste –dijo la chica eligiendo uno, uno cualquiera, porque no conocía los nombres de las tapas. Se levantó de la mesa y se volvió a sentar. No quería estar sentada y quieta todo el tiempo.

–Estoy poniendo el importe –dijo el chico.

—Claro —dijo el hombre.

Bebieron. Escucharon el disco. Luego el hombre puso otro. ¿Por qué no bailáis?, decidió decir; y lo hizo:

—Eh, chicos, ¿por qué no bailáis?

—No, no —dijo el chico.

—Venga —dijo el hombre—. Es mi jardín. Podéis bailar si os apetece.

Abrazados, con los cuerpos muy juntos, el chico y la chica se deslizaban de un lado a otro por el firme de la entrada. Bailaban. Cuando se acabó el disco, bailaron con el siguiente, y cuando se acabó éste el chico dijo:

—Estoy borracho.

Y la chica dijo:

—No estás borracho.

—Sí, estoy borracho.

El hombre dio la vuelta al disco, y el chico dijo:

—Lo estoy.

—Baila conmigo —le dijo la chica al chico, y luego al hombre; y cuando vio que el hombre se levantaba, avanzó hacia él con los brazos abiertos.

—Esa gente de allí. Están mirándonos —dijo la chica.

—No pasa nada —dijo el hombre—. Es mi casa.

—Que miren —dijo la chica.

—Eso es —dijo el hombre—. Creían haberlo visto todo en esta casa. Pero no habían visto esto, ¿eh?

Sintió el aliento de la chica en el cuello.

—Espero que te guste la cama.

La chica cerró los ojos; luego los abrió. Pegó la cara contra el hombro del hombre. Y atrajo su cuerpo hacia sí.

—Debes de estar desesperado o algo parecido —dijo.

Semanas después, la chica explicó:

—El tipo era de edad mediana. Todas sus cosas estaban por allí, en el jardín. No miento. Estábamos trompas y nos pusimos a bailar. En la entrada de los coches. Oh, Dios. No os riáis. Nos puso discos. Mirad este tocadiscos. El viejo nos lo regaló. Y todos esos discos de mierda. ¿Habéis visto esta mierda?

Siguió hablando. Se lo contó a todo el mundo. Tenía muchos más detalles que contar, e intentaba que se hablara de ello largo y tendido. Al cabo de un rato dejó de intentarlo.

VISOR

Un hombre sin manos llamó a mi puerta para venderme una fotografía de mi casa. Si exceptuamos los ganchos cromados, era un hombre de aspecto corriente y tendría unos cincuenta años.

—¿Cómo perdió las manos? —le pregunté cuando me dijo lo que quería.

—Ésa es otra historia —dijo él—. ¿Quiere la foto o no?

—Pase —le dije—. Acabo de hacer café.

Acababa de hacer también un poco de jalea, pero eso no se lo dije.

—Necesitaría ir al retrete —dijo el hombre sin manos.

Yo quería ver cómo sostenía la taza de café.

Sabía cómo sostenía la cámara. Era una vieja Polaroid grande y negra. La llevaba sujeta con correas de cuero que le rodeaban los hombros y le abrazaban la espalda. Era así como mantenía la cámara pegada al pecho. Se ponía en la acera, enfrente de tu casa, la encuadraba en el visor, apretaba el botón con uno de los ganchos, y ahí tenías tu fotografía.

Lo había estado observando desde la ventana, claro.

—¿Dónde ha dicho que está el retrete?

—Por ahí, a la derecha.

Doblándose, encorvándose, se liberó de las correas. Puso la cámara sobre el sofá y se estiró la chaqueta.

—Puede ir mirándola mientras tanto.

Le cogí la fotografía.

Un pequeño rectángulo de césped, el camino de entrada, el cobertizo de los coches, la escalera principal, el ventanal en saledizo y la ventana de la cocina desde donde había estado mirando.

¿Por qué habría de querer yo una fotografía de tal desastre?

Me acerqué un poco más a ella y vi mi cabeza, *mi cabeza,* allí dentro, tras la ventana de la cocina.

Me hizo pensar, el verme a mí mismo de ese modo. Lo digo en serio: es algo que le hace pensar a uno.

Oí la cisterna. Se acercó por el pasillo, subiéndose la cremallera y sonriendo; con un gancho se sostenía el cinturón, con el otro se metía la camisa en los pantalones.

—¿Qué le parece? —dijo—. ¿Está bien? Personalmente opino que ha salido bien. ¿Sé lo que me hago o no? Admitámoslo: para estas cosas hace falta un profesional.

Se tiró de la entrepierna.

—Aquí está el café —dije.

Él dijo:

—Está solo, ¿no es eso?

Echó una ojeada a la sala. Meneó la cabeza.

—Es duro, es duro —dijo.

Se sentó junto a la cámara, se echó hacia atrás con un suspiro y sonrió como si supiera algo que no iba a decirme.

—Tómese el café —dije.

Yo intentaba encontrar algo que decir.

—Había por aquí tres chiquillos que querían pintar mi dirección en el bordillo. Me pedían un dólar por hacerlo. ¿Usted no sabrá nada de eso?

Era una posibilidad remota. Pero lo observé, de todos modos.

Se inclinó hacia delante, dándose aires de importancia, con la taza en equilibrio entre los ganchos. Luego la dejó encima de la mesa.

–Trabajo solo –dijo–. Siempre lo he hecho y siempre lo haré. ¿Qué es lo que quiere decir?

–Trataba de establecer una relación –dije.

Tenía dolor de cabeza. Ya sé que el café no es bueno para el dolor de cabeza, pero a veces la jalea ayuda. Cogí la fotografía.

–Estaba en la cocina –dije–. Normalmente estoy en la parte de atrás.

–Sucede todos los días –dijo–. Así que se han ido y lo han abandonado, ¿no es eso? Bien, créame: yo trabajo solo. Así que, ¿qué dice? ¿Quiere la foto?

–Me la quedaré, sí –dije.

Me puse en pie y recogí las tazas.

–Estaba seguro –dijo–. Tengo una habitación en la ciudad. No está mal. Cojo el autobús y salgo del centro, y cuando he terminado con los alrededores, me voy a otra ciudad. ¿Comprende lo que le digo? Mire, yo también tuve chicos. Como usted.

Me quedé quieto con las tazas y miré cómo bregaba para levantarse del sofá.

Dijo:

–Precisamente llevo esto por culpa de ellos.

Miré detenidamente los ganchos.

–Gracias por el café y por dejarme usar el retrete. Cuenta usted con mi comprensión.

Alzó y bajó los garfios.

–Demuéstrelo –le pedí–. Demuéstreme hasta qué punto me comprende. Saque más fotografías de mí y de mi casa.

–No resultará –dijo el hombre–. No van a volver.

Pero le ayudé a ponerse el correaje.

—Puedo hacerle un precio especial —dijo—. Tres por un dólar —añadió—. Si se las dejo más baratas, no me compensa.

Salimos fuera. Ajustó el obturador. Me dijo dónde debía situarme, y nos pusimos manos a la obra.

Íbamos desplazándonos alrededor de la casa. Sistemáticamente. En unas yo miraba de soslayo, en otras de frente.

—Bien —decía él—. Estupendo. —Y al cabo dimos la vuelta completa a la casa y nos encontramos de nuevo en la fachada—. Van veinte. Suficientes.

—No —sugerí—. Encima del tejado.

—Dios —dijo. Examinó la calle a derecha e izquierda—. De acuerdo —dijo—. Así se habla.

Dije:

—Se fueron todos, con todo. Se largaron de la noche a la mañana.

—¡Pues mire esto! —dijo el hombre, y volvió a levantar los garfios para que los viese.

Entré en casa y saqué una silla. La coloqué bajo el cobertizo de los coches. Pero no fue suficiente: no llegaba. Cogí una caja de embalaje y la puse encima de la silla.

Se estaba bien allí arriba, en el tejado.

Me puse de pie y miré en torno. Hice señas con las manos, y el hombre sin manos me devolvió el saludo con los ganchos.

Y entonces fue cuando las vi, cuando vi las piedras. Era como un pequeño nido de piedras sobre la rejilla de la boca de la chimenea. Ya se sabe cómo son los chicos. Las lanzan con idea de colar alguna por el agujero de la chimenea.

—¿Preparado? —pregunté. Cogí una piedra y esperé a que el hombre me tuviera en el visor.

—¡Listo! —gritó él.

Eché el brazo para atrás y grité: «¡Ahora!» Y lancé a aquella hija de perra tan lejos como pude.

–No sé –le oí gritar–. No suelo fotografiar cuerpos en movimiento.

–¡Otra vez! –grité, y cogí otra piedra.

EL SEÑOR «CAFÉ» Y EL SEÑOR «ARREGLOS»

He visto ciertas cosas. Fui a casa de mi madre a quedarme unas cuantas noches. Pero en cuanto llegué a lo alto de las escaleras, miré y la vi en el sofá besando a un hombre. Era verano. La puerta estaba abierta. La televisión, encendida. Ésa es una de las cosas que he visto.

Mi madre tiene sesenta y cinco años. Es socia de un club de «solteros». Aun así, era duro. Me quedé con la mano en el pasamanos mirando cómo el hombre la besaba. Ella le besaba a su vez, y la televisión, funcionando.

Las cosas han mejorado. Pero en aquellos días, cuando a mi madre le dio por retozar, yo me encontraba en paro. Mis hijos estaban locos, mi mujer estaba loca. También ella se había puesto a retozar. El tipo que disfrutaba de ella era un ingeniero aeronáutico sin trabajo que había conocido en AA.[1] Él también estaba loco.

Se llamaba Ross y tenía seis hijos. Cojeaba a causa de un tiro que le había dado su primera esposa.

No sé en qué pensábamos en aquella época.

La segunda esposa del tipo no le había durado gran cosa, pero fue la primera la que le pegó el tiro por no pasarle la pen-

---

1. AA: Alcohólicos Anónimos. *(N. del T.)*

sión. A Ross ahora le deseo lo mejor. Ross. ¡Vaya nombre! Pero entonces era diferente. En aquellos días llegué a hablar de armas de fuego. Le decía a mi mujer: «Creo que voy a hacerme con una Smith and Wesson.» Pero nunca lo hice.

Ross era pequeño. Pero no demasiado. Tenía bigote y llevaba siempre un suéter con botones.

Su propia esposa lo metió en la cárcel una vez. Su segunda esposa. Me enteré por mi hija de que mi mujer pagó la fianza. Y a mi hija Melody la cosa no le gustó mucho más que a mí. Lo de la fianza. No es que Melody se preocupara demasiado por mí. No se preocupaba por ninguno de los dos, ni por su madre ni por mí. Era simplemente que había en juego una cantidad respetable de dinero, y si una parte iba a parar a Ross, esa parte se la perdía Melody. Así que Melody tenía a Ross en su lista negra. Además, tampoco le gustaban sus hijos, ni el hecho de que tuviera tantos. Pero en general Melody decía que Ross era un buen tipo.

Una vez, Ross llegó a decirle la buenaventura.

Desde que se quedó sin trabajo fijo, este Ross se pasaba el tiempo reparando cosas. Pero yo vi su casa por fuera. Era una ruina. Trastos viejos por todas partes. Dos Plymouth hechos polvo en el jardín.

En los primeros tiempos del asunto que se traían entre manos, mi mujer aseguraba que el tipo coleccionaba coches antiguos. «Coches antiguos», ésas fueron sus palabras. Pero eran pura carne de desguace.

Yo lo tenía calado. Era el señor *Arreglos.*

Pero Ross y yo teníamos cosas en común. Y no sólo la misma mujer. Por ejemplo, no lograba ajustar el televisor cuando el cacharro se volvía loco y se le iba la imagen. Yo tampoco podía. Teníamos volumen, pero no imagen. Si queríamos ver las noticias, teníamos que sentarnos alrededor de la pantalla a escuchar las voces.

Ross y Myrna se conocieron cuando Myrna estaba intentando dejar de beber. Iba a reuniones como tres o cuatro veces por semana. Yo también había ido y dejado de ir varias veces. Pero cuando Myrna y Ross se conocieron, yo no iba y sólo bebía una mínima parte de mi habitual dosis diaria. Myrna iba a las reuniones y luego se iba a casa del señor *Arreglos* a cocinar y hacer la limpieza. Sus hijos no eran de gran ayuda a este respecto. Nadie movía un dedo en casa del señor *Arreglos;* sólo mi mujer cuando iba a echar una mano.

Lo que cuento no fue hace mucho tiempo, sólo hace unos tres años. Entonces era importante.

Dejé a mi madre con el hombre en el sofá y anduve dando vueltas en coche durante un rato. Cuando llegué a casa, Myrna me preparó un café.

Se fue a la cocina a hacerlo, y esperé hasta que oí que abría el grifo. Y entonces metí la mano debajo del cojín en busca de la botella.

Puede que Myrna amara de verdad a ese hombre. Pero él tenía además un pequeño asunto extra: una chica de veintidós años llamada Beverly. El señor *Arreglos* se las arreglaba bien para ser un hombrecillo que gastaba suéter de botones.

Tenía treinta y tantos años cuando cayó en desgracia. Perdió el empleo y se agarró a la botella. Solía reírme de él siempre que podía. Pero ahora ya no me río.

Dios te guarde y te bendiga, señor *Arreglos.*

Le contó a Melody que había trabajado en los lanzamientos a la Luna. Le dijo que era muy amigo de los astronautas. Le prometió que se los presentaría cuando vinieran a la ciudad.

Siguen una línea de actividad muy moderna en ese centro aeroespacial donde trabajaba el señor *Arreglos.* Lo he visto. Cadenas de restaurantes-autoservicio, comedores de ejecutivos y cosas por el estilo. Un señor *Café* en cada despacho.

El señor *Café* y el señor *Arreglos*.

Myrna dice que Ross se interesaba también por la astrología, las auras, el I Ching, ese tipo de cosas. No pongo en duda que Ross fuera brillante e interesante, como la mayoría de nuestros ex amigos. Le dije a Myrna que estaba seguro de que no habría perdido el sueño por él si no lo hubiera sido.

Mi padre murió mientras dormía, borracho, hace ocho años. Era el mediodía de un viernes y tenía cincuenta y cuatro años. Volvió a casa de la serrería donde trabajaba, sacó para el desayuno algo de embutido del frigorífico y abrió una botella de litro de Four Roses.

Mi madre estaba allí con él, en la mesa de la cocina. Intentaba escribir una carta a su hermana de Little Rock. Al final mi padre se levantó y se fue a la cama. Mi madre contó que no le dio las buenas noches. Pero, claro, era por la mañana.

–Cariño –le dije a Myrna la noche en que volvió al hogar–. ¿Qué tal si nos abrazamos un rato y luego preparas una cena apetitosa de verdad?

Y Myrna dijo:

–Lávate las manos.

Por la mañana me echa Teacher's en la barriga y lo apura a lametones. Y esa misma tarde trata de tirarse por la ventana.

Yo digo:

–Holly, esto no puede seguir así. Esto tiene que acabar.

Estamos sentados en el sofá de una de las *suites* de arriba. Había muchas habitaciones libres para elegir. Pero necesitábamos una *suite*, espacio donde poder movernos y poder charlar. Así que aquella mañana cerramos la oficina del motel y subimos a una *suite*.

Ella dice:

–Duane, esto me está matando.

Bebemos Teacher's con agua y hielo. Entre la mañana y la tarde hemos dormido un poco. Y luego se ha levantado de la cama y ha amenazado con tirarse por la ventana en ropa interior. He tenido que agarrarla. Sólo es el segundo piso. Pero aun así.

–Estoy harta –dice–. No lo aguanto más.

Se pone la mano en la mejilla y cierra los ojos. Mueve la cabeza de un lado para otro y emite como un zumbido.

Me siento morir viéndola en ese estado.

–¿Qué es lo que no aguantas? –digo, aunque naturalmente sé a lo que se refiere.

–No tengo por qué explicártelo otra vez con pelos y señales

–dice ella–. He perdido el control. He perdido la dignidad. Antes era una mujer orgullosa de mí misma.

Es una mujer atractiva de poco más de treinta años. Es alta y tiene el pelo negro y largo, y ojos verdes. La única mujer de ojos verdes que he conocido en toda mi vida. Antes, en otros tiempos, solía decirle cosas sobre sus ojos verdes, y ella me decía que gracias a ellos tenía la certeza de que estaba destinada a algo especial.

¡Si lo sabría yo!

Me siento horriblemente mal entre unas cosas y otras.

Me llega el timbre del teléfono que suena en la oficina. Ha estado sonando a ratos durante todo el día. Lo oía incluso cuando estaba dormitando. Abría los ojos y miraba al techo y lo oía sonar y me asombraba de lo que nos estaba pasando.

Pero quizás a donde debería mirar es al suelo.

–Tengo el corazón destrozado –dice–. Se me ha vuelto de piedra. No valgo nada. Eso es lo peor de todo, que ya no valgo nada.

–Holly –digo yo.

Cuando al principio nos mudamos al motel y nos hicimos cargo de la gerencia, pensamos que habíamos salido del apuro. Alojamiento y servicios gratis, y trescientos al mes. Era bastante chollo.

Holly se encargaba de la contabilidad. Era buena con los números, y casi siempre era ella quien alquilaba las habitaciones. Le gustaba la gente, y a la gente le gustaba ella. Yo me cuidaba de los jardines, cortaba el césped y arrancaba las malas hierbas, mantenía limpia la piscina, hacía pequeñas reparaciones.

Todo fue bien el primer año. Yo tenía otro empleo nocturno, y salíamos adelante. Teníamos planes. Hasta que una mañana... No sé. Acababa de poner unos azulejos en el baño de una de las habitaciones cuando entró a limpiar aquella mexicana. Era Holly quien la había contratado. En realidad no puedo decir que me hubiera fijado antes en aquella poquita cosa, aunque sí es cierto que hablábamos cuando nos veíamos. Me llamaba —recuerdo— *Mister.*

En fin, las cosas.

Así que a partir de aquella mañana empecé a fijarme en ella. Era una cosita menuda y pulcra con unos bonitos dientes blancos. Solía mirarle la boca.

Empezó a tutearme.

Una mañana estaba yo colocando una arandela en un grifo de un baño cuando entró ella y encendió la televisión, como suelen hacer siempre las chicas de la limpieza. Mientras limpian, quiero decir. Dejé lo que estaba haciendo y salí del cuarto de baño. Al verme se sorprendió. Sonrió y pronunció mi nombre.

Y al poco de pronunciarlo nos tumbamos en la cama.

—Holly, sigues siendo una mujer digna —le digo—. Sigues siendo de lo mejor. Venga, Holly...

Ella sacude la cabeza.

—Algo ha muerto en mí —dice ella—. Le ha llevado tiempo, pero ha muerto. Has matado algo; es igual que si lo hubieras partido con un hacha. Ahora todo se ha ido al traste.

Se acaba la copa. Luego empieza a llorar. Intento abrazarla. Pero inútilmente.

Echo hielo en las copas y me pongo a mirar por la ventana.

Dos coches con matrícula de otro estado están aparcados frente a la recepción; los conductores están junto a la puerta de la oficina, charlando. Uno de ellos acaba de decirle algo al otro, y mira hacia las habitaciones y se manosea la barbilla. También hay una mujer; tiene la cara pegada al cristal, hace pantalla sobre los ojos con la mano y mira al interior. Intenta abrir la puerta.

El teléfono de abajo empieza a sonar.

—Hasta cuando hacíamos el amor hace un rato estabas pensando en ella —dice Holly—. Me hace daño, Duane.

Coge la copa que le alargo.

—Holly —digo.

—Es cierto, Duane —dice ella—. No discutas conmigo.

Se pasea de un lado a otro de la habitación, en bragas y sostén, con el vaso en la mano.

Dice:

—Te has puesto al margen del matrimonio. Es la confianza lo que has matado.

Me pongo de rodillas y empiezo a suplicar. Pero estoy pensando en Juanita. Es horrible. No sé lo que va a ser de mí o de quien sea en este mundo.

Digo:

—Holly, cariño. Te quiero.

Allá abajo alguien se apoya sobre el claxon, hace una pausa, vuelve a apoyarse.

Holly se seca los ojos. Me dice:

—Prepárame una copa. Ésta está aguada. Deja que toquen las jodidas bocinas. Me tiene sin cuidado. Me largaré a Nevada.

—No te vayas a Nevada —digo—. Estás diciendo tonterías.

—No digo tonterías. No es ninguna tontería irse a Nevada. Tú puedes quedarte aquí con tu chica de la limpieza. Yo me voy a Nevada. O eso, o me mato.

—¡Holly!

—¡Ni Holly ni *nada!*

Se sienta en el sofá y sube las rodillas hasta pegarlas a la barbilla.

—Ponme otro trago, hijo de perra —dice. Y sigue—: Que les den por el culo a esos bocineros. Que se vayan a hacer sus marranadas al Travelodge. ¿No es allí donde ahora trabaja tu mujer de la limpieza? ¡Ponme otro trago, hijo de perra!

Aprieta los labios y me dedica esa mirada especial.

La bebida es algo extraño. Cuando miro hacia atrás y pienso en ello, veo que todas las decisiones importantes las hemos tomado mientras bebíamos. Hasta cuando hablábamos de la necesidad de beber menos: nos sentábamos en la mesa de la cocina o en la de *picnic* de afuera con un cartón de seis latas o una botella de whisky. Cuando pensábamos en instalarnos aquí, estuvimos un par de noches bebiendo mientras sopesábamos los pros y los contras.

Sirvo lo que queda de Teacher's en los vasos y pongo cubitos de hielo y unos chorritos de agua.

Holly se levanta del sofá y se echa en la cama.

Dice:

–¿Lo has hecho con ella en esta cama?

No tengo nada que decir. Dentro de mí noto que no tengo palabras. Le alargo el vaso y me siento en la silla. Apuro mi copa y pienso que ya nunca será lo mismo.

–¿Duane?

–¿Holly?

Mi corazón late más despacio. Espero.

Holly era mi verdadero amor.

Lo de Juanita era cinco días a la semana, entre las diez y las once. Lo hacíamos en cualquiera de las habitaciones que estuviera limpiando. Yo entraba donde ella estaba trabajando y cerraba la puerta a mi espalda.

Pero la mayoría de las veces era en la 11. La 11 era nuestra habitación de la suerte.

Éramos muy cariñosos el uno con el otro. Pero rápidos. Era estupendo.

Creo que Holly quizá podría haberlo soportado. Creo que lo que tenía que haber hecho era intentarlo de verdad.

Yo, por mi parte, conservaba mi empleo nocturno. Hasta un mono era capaz de hacer ese trabajo. Pero las cosas comenzaron a empeorar vertiginosamente. Nos faltaban fuerzas para seguir, así de simple.

Dejé de limpiar la piscina. Se llenó de un légamo verde y los clientes ya no pudieron usarla. Ya no arreglé más grifos ni puse más azulejos ni hice más retoques de pintura. Bien, la verdad es que estábamos empinando el codo a conciencia. Si bebes en serio, la bebida exige una gran cantidad de tiempo y de esfuerzo.

Holly tampoco registraba a los huéspedes como es debido. O les cobraba demasiado o cobraba menos de la cuenta. A veces ponía a tres personas en una habitación con una sola cama, y otras a una sola persona en una donde la cama era enorme. Había quejas, cómo no, y a veces hasta hubo gritos. La gente liaba sus bártulos y se iba a otra parte.

Y lo siguiente fue una carta de la dirección de la empresa. Y luego otra, certificada.

Hay llamadas telefónicas. Alguien va a venir de la ciudad.

Pero hemos dejado de preocuparnos: las cosas están así. Sabíamos que nuestros días estaban contados. Habíamos echado a perder nuestras vidas y nos estábamos preparando para recibir la sacudida.

Holly es una mujer inteligente. Fue la primera en saberlo.

Entonces, aquel sábado por la mañana, nos despertamos después de pasarnos una noche dándole vueltas a la situación. Abrimos los ojos y nos volvimos para mirarnos el uno al otro. Los dos lo sabíamos, desde entonces. Habíamos llegado al final de algo, y la cuestión era encontrar el modo de empezar otra vez.

Nos levantamos y nos vestimos, tomamos café y decidimos discutirlo. Sin que nada nos interrumpiera. Ni el teléfono ni los clientes.

Fue entonces cuando eché mano del Teacher's. Cerramos con llave y nos subimos aquí, con hielo, vasos, botellas. Antes que nada vimos la televisión en color y retozamos un poco y dejamos que el teléfono sonara abajo. Para comer, fuimos a sacar de la máquina patatas fritas al queso.

Teníamos esa extraña sensación de que, ahora que nos dábamos cuenta de que ya había sucedido todo, podía suceder cualquier cosa.

–¿Te acuerdas de cuando éramos unos chiquillos, antes de casarnos? –dice Holly–. ¿De cuando teníamos grandes planes y esperanzas? ¿Te acuerdas?

Estaba sentada en la cama, abrazándose las rodillas y sosteniendo el vaso.

–Me acuerdo, Holly.

–No fuiste el primero, ¿sabes? El primero fue Wyatt. Figúrate. Wyatt. Y tú te llamas Duane. Wyatt y Duane. Quién sabe lo que me estuve perdiendo durante todos aquellos años... Tú lo eras todo para mí, como en la canción.

Digo:

–Eres una mujer maravillosa, Holly. Sé que has tenido oportunidades.

–¡Pero no las he aprovechado! –dice–. No he sido capaz de salirme del matrimonio.

–Holly, por favor –digo–. Basta ya, cariño. Dejemos de torturarnos. ¿Qué crees que podríamos hacer ahora?

–Escucha –dice–. ¿Recuerdas aquella vez que llegamos a una vieja granja, más allá de Yakima, pasado Terrace Heights, cuando recorríamos en coche los alrededores y estuvimos en aquel pequeño camino de tierra y hacía calor y había mucho polvo? ¿Recuerdas que seguimos, y que llegamos a aquella casa vieja y preguntaste si nos podían dar un poco de agua? ¿Nos imaginas a los dos haciéndolo ahora? ¿Ir a una casa a pedir un vaso de agua?

»Aquellos viejos estarán ya muertos. Uno al lado del otro, por allí, en algún cementerio. ¿Recuerdas que nos dijeron que pasáramos a tomar pastel? ¿Y que luego nos enseñaron los alrededores? ¿Y que había un belvedere allá atrás, andando un trecho? ¿No era allá atrás, bajo unos árboles? Tenía un pequeño techo puntiagudo y se le había ido la pintura y crecía la maleza sobre los escalones. Y la mujer contó que años antes, quiero decir muchos años atrás, solían ir músicos a tocar allí el domingo, y que la gente se sentaba a escucharlos. Yo pensé que también nosotros estaríamos así cuando nos hiciéramos viejos. Llenos de dignidad. Y en un sitio fijo. Y que la gente vendría a nuestra puerta.

Así, de pronto, no sé qué decir. Luego digo:

–Holly, también recordaremos todo esto un día. Diremos: ¿te acuerdas de aquel motel con toda aquella mierda en la piscina? –digo–. ¿Comprendes lo que digo, Holly?

Pero Holly sigue sentada allí en la cama con el vaso.

Veo que no, que no entiende.

Voy hasta la ventana y miro a través de la cortina. Alguien grita algo allá abajo y zarandea la puerta de la oficina. Me quedo donde estoy. Ruego para que Holly haga algún gesto. Ruego para que se me manifieste.

Oigo cómo arranca un coche. Luego otro. Proyectan los faros sobre el edificio y, uno después de otro, se retiran y se sumergen en el tráfico.

–Duane –dice Holly.

También en esto tenía razón ella.

VEÍA HASTA LAS COSAS MÁS MINÚSCULAS

Estaba en la cama cuando oí la verja. Escuché con atención. No oí nada más. Pero oí eso. Traté de despertar a Cliff. Estaba como un leño. Así que me levanté y fui hasta la ventana. Una gran luna descansaba sobre las montañas que rodeaban la ciudad. Era una luna blanca, cubierta de cicatrices. Hasta un imbécil podría ver una cara en ella.

Había luminosidad suficiente, de modo que podía ver todas las cosas del jardín: las sillas campestres, el sauce, la cuerda de la ropa entre las barras, las petunias, las vallas, la verja abierta de par en par.

Pero nadie se movía allí afuera. No había sombras amenazadoras. Todo estaba bañado por la luz de la luna, y yo veía hasta las cosas más minúsculas. Las pinzas de la ropa, por ejemplo.

Puse las manos en el cristal para tapar la luna. Me quedé mirando un poco más. Escuché. Luego me volví a la cama.

Pero no conseguía dormirme. Daba vueltas en la cama. Pensaba en la verja abierta. Era como un reto.

Era horrible escuchar la respiración de Cliff. Tenía la boca abierta y los brazos pegados a su pecho pálido. Ocupaba el lado de él y la mayor parte del mío.

Lo empujé una y otra vez. Pero lo único que hizo fue gruñir.

Seguí así un rato más, pero al final decidí que no tenía sentido. Me levanté y me puse las zapatillas. Fui a la cocina, hice té y me senté con él a la mesa. Fumé un cigarrillo de los de Cliff, sin filtro.

Era tarde. No quería mirar la hora. Me tomé el té y fumé otro cigarrillo. Al cabo de un rato decidí salir y cerrar la verja.

Así que cogí la bata.

La luna lo iluminaba todo: casas y árboles, postes y tendido eléctrico, el mundo entero. Escudriñé el patio antes de salir del porche. Me llegó una ligera brisa que me obligó a cerrarme la bata.

Empecé a andar hacia la verja.

Se oía un ruido en las vallas que separaban nuestra casa de la de Sam Lawton. Miré con suma atención. Sam estaba apoyado con los brazos sobre su valla, en lugar de apoyarse sobre las dos. Se llevó el puño a la boca y lanzó una tos seca.

–Buenas noches, Nancy –dijo Sam Lawton.

Yo dije:

–Sam, me has asustado. –Dije–: ¿Qué haces levantado? ¿Has oído algo? Yo he oído cómo se abría mi verja.

Él dijo:

–No he oído nada. Ni he visto nada, tampoco. Habrá sido el viento.

Estaba masticando algo. Miró la verja abierta y se encogió de hombros.

A la luz de la luna se le veía el pelo plateado. Lo tenía en punta, además. Podía ver su nariz larga, los rasgos de su cara grande y triste.

Dije:

–¿Qué haces levantado, Sam? –Y me acerqué a la valla.

–¿Quieres ver una cosa? –añadió.

–Voy, espera.

Salí y caminé por la acera. Era extraño andar por allí fuera en camisón y bata. Pensé para mis adentros que debía recordarlo luego: cómo recorrí así un trecho, fuera de casa.

Sam seguía atento a un costado de su casa con las perneras del pijama muy por encima de los zapatos marrones y blancos. Tenía una linterna en una mano y una lata de algo en la otra.

Sam y Cliff habían sido amigos. Pero una noche se pusieron a beber. Y tuvieron unas palabras. Lo que vino después fue que Sam levantó una valla y Cliff otra.

Fue después de que Sam perdiera a Millie, se casara otra vez y volviera a ser padre, todo en un abrir y cerrar de ojos. Millie había sido buena amiga mía hasta su muerte. Cuando murió sólo tenía cuarenta y cinco años. Un colapso. Le dio cuando entraba con el coche en el jardín. El coche siguió su marcha y llegó hasta el fondo del garaje.

—Mira esto —dijo Sam, subiéndose las perneras del pijama y poniéndose en cuclillas. Enfocó el suelo con la linterna.

Miré y vi una especie de gusanos que se retorcían sobre un espacio de tierra.

—Babosas —dijo Sam—. Les acabo de echar una dosis de esto —explicó, levantando una lata de algo que parecía Ajax—. Se están adueñando de todo —dijo, sin dejar de mascar lo que tenía en la boca. Volvió la cabeza hacia un lado y escupió algo, tal vez tabaco—. Tengo que seguir con esto; al menos darles batalla. —Dirigió la luz hacia un tarro lleno de aquellos bichos—. Les pongo cebo por todas partes, y en cuanto tengo un momento vuelvo con este producto. Las muy putas están por todas partes. Un auténtico crimen es lo que son capaces de hacer. Mira ahí.

Se incorporó. Me cogió del brazo y me llevó hasta los rosales. Me mostró los pequeños agujeros en las hojas.

—Babosas —dijo—. Mires donde mires de noche. Les pongo cebo y luego salgo y las recojo —dijo—. Un invento horrible, las babosas. Las meto ahí en ese tarro. —Enfocó con la linterna el pie de los rosales.

Pasó un avión. Imaginé la gente en sus asientos, con el cinturón abrochado, algunos leyendo, otros mirando por las ventanillas el suelo firme.

—Sam —dije—. ¿Cómo están todos?

—Muy bien —dijo él, y se encogió de hombros. Siguió mascando lo que estuviera mascando—. ¿Cómo está Clifford? —dijo.

Contesté:

—Igual que siempre.

Sam dijo:

—A veces, cuando salgo a cazar babosas, miro hacia vuestra casa. Desearía que Cliff y yo volviéramos a ser amigos. Mira allí —dijo, y respiró bruscamente—. Ahí tienes una. ¿La ves? Ahí mismo, donde estoy enfocando. —Había dirigido el haz de luz hacia la tierra, debajo del rosal—. Mira esto —señaló Sam.

Me apreté los brazos bajo los pechos y me incliné hacia donde iluminaba la linterna. La cosa dejó de moverse y meneó la cabeza de un lado a otro. Entonces Sam se acercó con la lata de polvo hasta situarse encima de ella y empezó a espolvorear el suelo.

—Bichos viscosos —dijo.

La babosa se retorcía de un lado para otro. Luego se curvó y por fin se quedó estirada y rígida.

Sam cogió una pala de juguete y recogió con ella la babosa y la echó dentro del tarro.

—Dejé de beber, ¿sabes? —dijo Sam—. Era necesario. Durante un tiempo las cosas llegaron a tal punto que no sabía ni dónde tenía la mano derecha. Seguimos teniendo alcohol en casa, pero yo ya no le presto la menor atención.

Asentí con la cabeza. Me miró; se quedó mirándome.

—Será mejor que vuelva a casa —dije.

—Claro —dijo él—. Seguiré con lo que estoy haciendo y cuando termine me volveré a casa.

Dije:

—Buenas noches, Sam.

Él dijo:

—Espera. —Dejó de mascar. Con la lengua empujó lo que mascaba contra la cara interna del labio inferior—. Saluda a Cliff de mi parte.

—Lo haré, Sam.

Sam se pasó la mano por el pelo plateado como si fuera a asentárselo de una vez por todas, y luego la movió en señal de despedida.

Una vez en el dormitorio, me quité la bata, la plegué y la dejé a mano. Sin mirar la hora, me cercioré de que el seguro del despertador quedaba hacia afuera. Luego me metí en la cama, me tapé con las mantas y cerré los ojos.

Fue entonces cuando me acordé de que se me había olvidado cerrar la verja.

Abrí los ojos y me quedé allí, acostada. Sacudí un poco a Cliff. Se aclaró la garganta. Tragó. Algo se le había atravesado y le gorgoteaba en el pecho.

No sé. Me hizo pensar en aquellos bichos a los que Sam Lawton echaba el polvo de la lata.

Pensé durante un instante en el mundo exterior a mi casa, y luego ya no tuve más pensamientos, salvo el de que tenía que darme prisa en conciliar el sueño.

BOLSAS

Es octubre, un día húmedo. Desde la ventana del hotel veo demasiadas cosas de esta ciudad del Medio Oeste. Veo cómo se encienden las luces de algunos edificios, veo cómo el humo de las altas chimeneas se alza en columnas espesas. Me gustaría no tener que mirar.

Quiero contarles una historia que me contó mi padre cuando el año pasado pasé unas horas en Sacramento. Se refiere a ciertos hechos que le acontecieron dos años antes de aquel tiempo, entendiendo por aquel tiempo el inmediatamente anterior a que mi madre y él se divorciaran.

Soy vendedor de libros. Represento a una firma muy conocida. Publicamos libros de texto, y tenemos la sede en Chicago. Mi zona es Illinois, y partes de Iowa y de Wisconsin. Había asistido en Los Ángeles a la convención de la Western Book Publishers Association cuando se me ocurrió visitar a mi padre unas cuantas horas. No lo había vuelto a ver desde el divorcio, ya comprenden... Así que saqué su dirección de la cartera y le envié un telegrama. A la mañana siguiente facturé mis cosas hasta Chicago y me embarqué en un avión con destino a Sacramento.

Tardé un minuto en verle. Estaba donde todo el mundo, es decir, detrás de la puerta de salida. Pelo blanco, gafas, pantalones marrones de tela indeformable.

—Papá, ¿cómo estás? –dije.

Él dijo:

—Les.

Nos dimos un apretón de manos y fuimos hacia la terminal.

—¿Cómo están Mary y los chicos? –dijo.

—Todos estupendamente –dije, y no era cierto.

Abrió una bolsa blanca de confitería. Dijo:

—He comprado algo que quizá quieras llevarte. No es gran cosa. Unos Almond Roca para Mary y unos caramelos blandos para los chicos.

—Gracias –dije.

—No olvides la bolsa cuando te vayas –me advirtió. Dejamos pasar a unas monjas que corrían hacia las puertas de embarque.

—¿Una copa o un café? –dije.

—Lo que tú quieras –dijo él–. Pero no tengo coche –dijo.

Encontramos el bar, nos trajeron las bebidas, encendimos los cigarrillos.

—Bueno, aquí estamos –dije.

—Sí –dijo él.

Me encogí de hombros y dije:

—Sí.

Me eché hacia atrás en mi asiento y aspiré profundamente, inhalando –me pareció– el aire de infortunio que rodeaba su cabeza.

Dijo:

—Supongo que el aeropuerto de Chicago será como cuatro veces más grande que éste.

—Es aún mayor –dije.

—Imaginaba que era grande –dijo.

—¿Desde cuándo usas gafas? –le pregunté.

–Desde hace un tiempo.

Tomó un trago largo, y acto seguido fue al grano.

–Me hubiera gustado morirme –dijo. Puso sus grandes brazos a ambos lados del vaso–. Eres un hombre educado, Les. La persona idónea para comprenderlo.

Levanté de costado el cenicero para leer lo que había escrito en el fondo: CLUB HARRAH / RENO Y LAKE TAHOE / BUENOS LUGARES DE DIVERSIÓN.

–Era una vendedora de productos Stanley. Una mujer menuda, de pies y manos pequeños y pelo negro como el carbón. No era la mujer más bella del mundo. Pero sus modales eran muy delicados. Tenía treinta años y tenía hijos. Pero, aunque pasó lo que pasó, era una mujer decente.

»Tu madre le compraba siempre cosas: una escoba, una fregona, algún relleno de pastel... Ya conoces a tu madre. Era sábado, y me había quedado en casa. Tu madre se había ido a no sé dónde. No sé dónde estaba. Pero no estaba trabajando. Yo leía el periódico y tomaba una taza de café en la sala cuando llamaron a la puerta. Era esa mujer menuda. Sally Wain. Me dijo que tenía unas cosas para la señora Palmer. "Soy el señor Palmer", digo yo. "La señora Palmer no está en este momento", digo. La invito a pasar, ya sabes, con intención de pagarle las cosas que traía. Se quedó allí, vacilante. Allí de pie, sosteniendo la pequeña bolsa de papel y la factura.

»–Vamos, deme eso –le digo–. ¿Por qué no pasa y se sienta un momento mientras veo si encuentro algo de dinero?

»–No se preocupe –dice ella–. Puede dejarlo a deber. Hay mucha gente que lo hace. No hay problema. –Sonríe para darme a entender que no hay problema, ya sabes.

»–No, no –dije yo–. Prefiero pagarlo ahora. Así le ahorro un viaje y me ahorro tener deudas. Pase –digo, y mantengo abierta la puerta de tela metálica. No era cortés tenerla allí de pie en la puerta.

Mi padre tosió y cogió uno de mis cigarrillos. Al fondo del

bar una mujer reía. La miré, y luego volví a leer la leyenda del cenicero.

–Así que pasa, y yo digo: «Un momento, por favor», y entro en el dormitorio a buscar mi cartera. Miro en el tocador, pero no la encuentro. Hay algo de cambio y cerillas y mi peine, pero no logro dar con mi cartera. Tu madre se había pasado la mañana limpiando, ya sabes. Así que vuelvo a la sala y digo: «Bueno, ya encontraré algo.»

»–Por favor, no se moleste –dice ella.

»–No es molestia –digo–. Tengo que encontrar mi cartera, de todas formas. Póngase cómoda.

»–Oh, estoy bien –dice ella.

»–Mire –digo–. ¿Ha oído lo de ese gran atraco en el Este? Estaba leyéndolo ahora.

»–Lo vi en la televisión anoche –dice ella.

»–Huyeron sin ningún problema –digo.

»–Lo hicieron muy inteligentemente –dice.

»–El crimen perfecto –digo.

»–A muy pocos les sale bien –dice.

»Yo ya no sabía cómo continuar. Estábamos allí de pie, mirándonos. Así que salí al porche y busqué mis pantalones en la cesta, donde supuse que los había puesto tu madre. Encontré la cartera en el bolsillo trasero y volví a la sala y le pregunté cuánto le debía.

»Eran tres o cuatro dólares. Le pagué. Entonces, no sé por qué, le pregunté qué haría con el dinero si lo hubiera conseguido ella, con todo aquel dinero que se habían llevado los atracadores.

»Se rió y vi sus dientes.

»Y entonces no sé lo que me pasó, Les. Cincuenta y cinco años. Hijos ya mayores. Me daba perfecta cuenta de que no debía. Aquella mujer tenía la mitad de años que yo, y chiquillos en el colegio. Vendía productos de Stanley durante el horario escolar, sólo para ocuparse en algo. No tenía necesidad de trabajar. Tenían lo suficiente para salir adelante. Su marido, Larry, era chófer en la Consolidated Freight. Ganaba un buen sueldo. Camionero, ya sabes.

Calló y se pasó el pañuelo por la cara.

—Todos nos equivocamos alguna vez —dije.

Sacudió la cabeza.

—Tenía dos chicos, Hank y Freddy. Se llevaban como un año. Me enseñó unas fotos. En fin, se ríe cuando digo lo del dinero del atraco, y dice que dejaría de vender productos Stanley y que se iría a Dago y compraría una casa. Dijo que tenía parientes en Dago.

Encendí otro cigarrillo. Miré el reloj. El barman levantó las cejas y yo levanté el vaso.

—Estaba sentada en el sofá y me preguntó si tenía un cigarrillo. Dijo que se los había dejado en el otro bolso, y que no fumaba desde que había salido de casa. Dijo que odiaba comprar un paquete en una máquina teniendo un cartón en casa. Le doy un cigarrillo y sostengo una cerilla para que lo encienda. Pero, créeme, Les, me temblaban los dedos.

Calló y examinó las botellas unos instantes. La mujer que había reído antes ceñía con ambos brazos los de los hombres que tenía a los lados.

—Lo que vino después lo recuerdo vagamente. Recuerdo que le pregunté si quería un café. Dije que acababa de hacerlo. Ella dijo que tenía que irse. Que quizá tenía tiempo para tomar una taza. Fui a la cocina y esperé a que el café se calentara. Te lo aseguro, Les, te lo juro por Dios: jamás le había sido infiel a tu madre en todo el tiempo en que fuimos marido y mujer. Ni una sola vez. Hubo veces en que me apetecía y se me presentaba la ocasión. Créeme, tú no conoces a tu madre como la conozco yo.

Dije:

–No tienes por qué darme explicaciones.

–Le llevé el café. Para entonces se había quitado el abrigo. Me siento en el otro extremo del sofá y empezamos a hablar de cosas más personales. Me dice que tiene dos chicos en la escuela primaria Roosevelt y que Larry es camionero y que a veces está fuera una o dos semanas. En Seattle, o en Los Ángeles, o incluso en Phoenix. Siempre por ahí. Me cuenta que conoció a Larry en la escuela secundaria. Dice que se siente orgullosa de haber llevado esa vida desde entonces. En fin, al poco suelta una risita por algo que yo he dicho. Era algo con doble sentido. Entonces me pregunta si conozco el del viajante de zapatos que llama a la puerta de la viuda. Nos reímos, y entonces le cuento uno un poco más picante. Ahora se ríe con ganas, y se fuma otro cigarrillo. Una cosa lleva a la otra, eso es lo que estaba pasando, ¿entiendes?

»Bien, entonces la besé. Le incliné la cabeza sobre el respaldo del sofá y la besé, y aún siento su lengua moviéndose inquieta para meterse dentro de mi boca. ¿Comprendes lo que digo? Uno puede vivir obedeciendo todas las normas y un buen día, de pronto, nada importa un pimiento. Se te acaba la buena estrella, ¿entiendes?

»Pero todo pasó en un abrir y cerrar de ojos. Y luego me espeta: "Creerás que soy una puta o algo así", y luego se marchó sin más.

»Estaba tan excitado, ¿sabes? Ordené el sofá y di la vuelta a los cojines. Doblé todos los periódicos y hasta lavé las tazas que habíamos usado. Fregué la cafetera. Todo el tiempo pensaba en cómo iba a mirar a tu madre a la cara. Estaba asustado.

»Bien, así es como empezó. Tu madre y yo seguimos como siempre. Pero empecé a ver a esa mujer con asiduidad.

La mujer del fondo del bar se bajó del taburete. Avanzó hacia el centro del local y se puso a bailar. Echaba la cabeza de un lado para otro y hacía chasquear los dedos. El barman dejó de preparar bebidas. La mujer levantó los brazos por encima de la cabeza y se movió describiendo un pequeño círculo sobre el piso. Pero luego dejó de hacerlo y el barman volvió a sus cosas.

–¿Has visto eso? –preguntó mi padre.

Pero yo no dije ni una palabra.

–Y así es como funcionaba la cosa –dijo–. Larry tenía su calendario de viajes, y yo iba a verla siempre que podía. A tu madre le decía que iba a algún sitio.

Se quitó las gafas y cerró los ojos.

–No se lo había contado a nadie.

¿Había algo que comentar a esto? Miré hacia las pistas y luego mi reloj.

–Escucha, ¿a qué hora sale tu avión? ¿No podrías coger otro? Deja que te invite a otra copa, Les. Pide dos más. Me daré prisa. Acabaré de contártelo en un minuto. *Escucha.*

»Tenía la foto de Larry en el cuarto, al lado de la cama. Al principio me molestaba; ver su fotografía allí y todo eso. Pero al cabo de un tiempo me acostumbré a ella. ¿Te das cuenta de cómo nos habituamos a las cosas? –Sacudió la cabeza–. Es increíble. Bueno, pues todo acabó mal. Ya lo sabes. Lo sabes todo perfectamente.

–Sólo sé lo que me cuentas –dije.

–Escucha, Les. Déjame explicarte lo realmente importante en este asunto. ¿Sabes?, hay cosas. Hay cosas más importantes que el hecho de que tu madre me dejara. Verás, escucha esto. Estábamos en la cama un día. Debía de ser sobre el mediodía. Estábamos allí acostados, charlando. Puede que yo estuviera dando una cabezada. Esa especie de duermevela extraño, como con sueños, ya sabes. Pero al mismo tiempo me digo que no debo olvidar que tengo que levantarme e irme. Y en eso estoy cuando un coche entra en el jardín y alguien se baja y cierra de golpe la portezuela.

»–Dios mío –grita ella–. ¡Es Larry!

47

»Debí de enloquecer. Me parece recordar que pensé que si salía corriendo por la puerta de atrás, él me iba a aplastar contra la gran valla del jardín, y quizás hasta me matara. Sally hacía un ruido extraño con la boca. Como si no pudiera respirar. Tenía puesta la bata, pero la llevaba abierta, y estaba en la cocina sacudiendo la cabeza. Todo está sucediendo a un tiempo, ya me entiendes. Y allí estoy yo, casi desnudo, con la ropa en la mano, y Larry abriendo la puerta principal. Bien, salto. Salto contra el ventanal, así, a través del cristal.

–¿Conseguiste escapar? –dije–. ¿No te persiguió?

Mi padre me miró como si me hubiera vuelto loco. Fijó la mirada en su vaso vacío. Yo miré el reloj, me estiré. Tenía un ligero dolor de cabeza a la altura de los ojos.

Dije:

–Creo que tendré que ir hacia allá en seguida. –Me pasé la mano por la barbilla y me ajusté bien el cuello de la camisa–. ¿Sigue en Redding esa mujer?

–¿No entiendes nada, verdad? –dijo mi padre–. No entiendes nada de nada. Sólo sabes vender libros.

Era casi la hora de marcharme.

–Oh, Dios, lo siento –dijo–. El hombre se derrumbó, eso es lo que pasó. Se dejó caer en el suelo y se echó a llorar. Ella se quedó en la cocina. Se quedó allí, llorando. Se puso de rodillas y empezó a implorar a Dios, a voz en grito, para que su marido la oyera.

Mi padre empezó a decir algo más. Pero en lugar de seguir movió la cabeza. Puede que quisiera que fuera yo quien me pusiera a hablar.

Y al cabo dijo:

–No, tienes que coger el avión.

Le ayudé a ponerse el abrigo; luego lo conduje por el codo.

–Te acompañaré hasta un taxi –dije.

Él dijo:

–Quiero verte despegar.

—Está bien así —asentí—. Quizá la próxima vez.

Nos dimos la mano. Y no lo he vuelto a ver. Camino de Chicago, caí en la cuenta de que había olvidado la bolsa de los regalos en el bar. Mejor. Mary no necesitaba dulces, ni Almond Roca ni nada parecido.

Esto fue el año pasado. Ahora lo necesita aún menos.

EL BAÑO

El sábado por la tarde la madre fue en coche a la pastelería del centro comercial. Después de mirar un álbum con fotografías de pasteles pegadas en las hojas, encargó uno de chocolate, el preferido de su hijo. Era una tarta adornada con una nave espacial y una plataforma de lanzamiento bajo una cascada de blancas estrellas. El nombre, SCOTTY, iría escarchado en verde como si fuera el nombre de la nave.

El pastelero le escuchó con circunspección cuando ella le contó que Scotty iba a cumplir ocho años. Era un hombre mayor, y llevaba un delantal harto curioso: una pesada prenda cuyas cintas le pasaban bajo los brazos y le rodeaban la espalda y volvían de nuevo al frente, donde acababan en un enorme nudo. Seguía secándose las manos en la parte delantera del delantal mientras escuchaba a la mujer, y sus ojos húmedos le observaban con atención los labios mientras ella estudiaba las tartas y hablaba.

Le permitió tomarse el tiempo necesario. No tenía prisa.

La madre eligió la tarta de la nave, y a continuación dio su nombre y su teléfono. Lo único que el pastelero se dignó contestar fue que la tarta estaría lista el lunes por la mañana, con tiempo suficiente para la fiesta, que era por la tarde. Ninguna broma, sólo ese mínimo intercambio, la información más escueta, nada que no fuera necesario.

El lunes por la mañana, el niño se dirigía a pie hacia el colegio. Andaba junto a otro chico, y se iban pasando una bolsa de patatas fritas. El chico del cumpleaños intentaba sonsacar a su amigo acerca del regalo que le haría por la tarde.

En un cruce, y sin mirar, el chico del cumpleaños se bajó del bordillo de la acera, y en un abrir y cerrar de ojos fue arrollado por un coche. Cayó de costado, con la cabeza sobre la cuneta; sus piernas, sobre la calzada, se movían como si estuvieran subiendo por un muro.

Su compañero se quedó allí quieto, sosteniendo la bolsa de patatas fritas, preguntándose qué hacer, si acabarse las patatas o seguir andando hacia el colegio.

El chico del cumpleaños no lloraba. Pero tampoco tenía ganas de decir nada. Ni siquiera contestó cuando su compañero le preguntó qué se sentía cuando a uno le atropellaba un coche. El chico del cumpleaños se levantó y echó a andar en dirección a su casa, y su amigo le hizo adiós con la mano y siguió camino del colegio.

El chico le contó a su madre lo que le había pasado. Se sentaron los dos en el sofá. Ella le cogió las manos y se las puso en el regazo. Y así estaban cuando el chico apartó las manos del regazo de su madre y se tendió de espaldas en el sofá.

Naturalmente no hubo fiesta de cumpleaños. El chico del cumpleaños estaba en el hospital y su madre permanecía a la cabecera de su cama. Esperaba a que su hijo despertara. El padre llegó a toda prisa de la oficina. Se sentó al lado de la madre. Ahora ambos aguardaban a que su hijo recuperara la conciencia. Transcurrieron varias horas, y luego el padre se fue a casa a tomar un baño.

El hombre iba en su coche en dirección a casa. Conducía

más rápido que de costumbre. Hasta entonces su vida había sido bastante amable. Trabajo, paternidad, familia. El hombre había tenido suerte y era feliz. Pero el miedo le hizo desear tomar un baño.

Tomó la vereda de entrada. Se quedó sentado dentro del coche tratando de que le respondieran las piernas. Su hijo había sido atropellado por un coche y ahora estaba en el hospital, pero se iba a poner bien. El hombre se bajó del coche y fue hasta la puerta principal. El perro ladraba y el teléfono estaba sonando. Y siguió sonando mientras el hombre abría la puerta y palpaba la pared en busca del interruptor.

Levantó el auricular. Dijo:

—¡Acabo de llegar!

—Aquí hay una tarta que no han recogido.

Esto fue lo que dijo la voz al otro lado de la línea.

—¿De qué me habla? —preguntó el padre.

—La tarta —dijo la voz—. Dieciséis dólares.

El hombre mantenía el auricular pegado al oído y trataba de entender. Dijo:

—No sé de qué me habla.

—No me venga con ésas —dijo la voz.

El hombre colgó el teléfono. Fue a la cocina y se sirvió un trago de whisky. Luego llamó al hospital.

El estado de su hijo seguía siendo el mismo.

Mientras el agua llenaba la bañera, el hombre se enjabonó la cara y se afeitó. Estaba en la bañera cuando volvió a oír el teléfono. Salió de un salto y corrió por la casa diciéndose: «Estúpido, estúpido», porque si se hubiera quedado en el hospital no se encontraría ahora en esta situación. Levantó el auricular y gritó: «¡Diga!»

La voz dijo:

—La tengo preparada.

El padre llegó al hospital después de medianoche. Su mujer seguía sentada en la silla, junto a la cabecera. Alzó la vista hacia su marido y volvió a mirar a su hijo. De un aparato situado sobre la cama colgaba una botella con un tubo que descendía hasta el niño.

—¿Qué es eso? —dijo el padre.

—Glucosa —dijo la madre.

El hombre apoyó la mano en la nuca de su mujer.

—Va a volver en sí —dijo.

—Lo sé —dijo la mujer.

Al poco, el hombre dijo:

—Vete a casa. Me quedaré yo.

Ella movió la cabeza.

—No.

—Vamos —dijo él—. Ve a casa un rato. No te preocupes. Está dormido, eso es todo.

Entró una enfermera. Les saludó con un movimiento de cabeza mientras se dirigía hacia la cama. Sacó el brazo izquierdo del niño de debajo de las mantas y le puso los dedos en la muñeca. Luego volvió a meterlo bajo las mantas y escribió algo en la tablilla adosada a la cama.

—¿Cómo está? —dijo la madre.

—Estacionario —dijo la enfermera. Y luego dijo—: El médico volverá a pasar pronto.

—Le estaba diciendo que podría ir a casa a descansar un poco —dijo el hombre—. Después de que haya pasado el médico.

—Sí, claro —dijo la enfermera.

La mujer dijo:

—Veremos lo que dice el médico.

Se llevó la mano a los ojos e inclinó la cabeza hacia delante.

La enfermera dijo:

—Claro.

El padre miró a su hijo: bajo las mantas, el menudo pecho subía y bajaba. Sintió un miedo aún mayor. Empezó a sacudir la cabeza. Mientras lo hacía se habló a sí mismo. Se dijo: el niño está bien. En lugar de dormir en casa, duerme aquí. El sueño es igual en un sitio que en otro.

El médico entró en el cuarto. Estrechó la mano del hombre. La mujer se levantó de la silla.

–Ann –dijo el médico, y la saludó con un movimiento de cabeza. Luego añadió–: Veamos cómo está.

Se acercó a la cama y tocó la muñeca del niño. Le alzó un párpado y luego el otro. Apartó hacia abajo las mantas y le auscultó el corazón. Presionó el cuerpo del niño con los dedos. Aquí y allá. Fue hasta el pie de la cama y estudió el cuadro. Anotó la hora, escribió algo y luego observó al padre y a la madre.

El médico era un hombre físicamente atractivo. Tenía la piel fresca y tostada. Vestía traje con chaleco, corbata de color vivo, camisa con gemelos.

La madre se dijo a sí misma: viene de algún acto en el que había público. Le han impuesto alguna medalla.

El médico dijo:

–No es para dar saltos de alegría, pero tampoco para preocuparse. Despertará muy pronto. –Volvió a mirar al niño–. Sabremos más cuando recibamos los análisis.

–Oh, no –se lamentó la madre.

El médico dijo:

–Suelen darse casos semejantes.

El padre preguntó:

–¿No lo llamaría coma, entonces?

El padre miró al médico y aguardó.

–No, no quiero llamarlo así –dijo el médico–. Está durmiendo. Es un sueño reparador. El cuerpo hace lo que tiene que hacer.

—Es un coma —dijo la madre—. Una especie de coma.

El médico insistió:

—Yo no lo llamaría así.

Tomó las manos de la mujer y les dio unas palmaditas. Luego estrechó la mano del marido.

La mujer puso los dedos sobre la frente del niño y los mantuvo allí unos minutos.

—No tiene fiebre, al menos —dijo. Luego dijo—: No sé. Tócale la cabeza.

El hombre puso los dedos sobre la frente del niño. Y dijo:

—Seguramente es normal que esté así.

La mujer siguió de pie unos instantes más, mordisqueándose el labio. Luego fue hasta su silla y se sentó.

El marido se sentó a su lado en otra silla. Quería añadir algo, pero no encontró palabras adecuadas a la situación. Cogió la mano de su mujer y se la puso sobre las rodillas. Cuando lo hizo, se sintió mejor. Le hizo sentir que expresaba algo. Siguieron así un breve lapso, mirando al niño, en silencio. De cuando en cuando el hombre apretaba la mano de su esposa, que al cabo la retiró de la suya.

—He rezado —dijo ella.

—Yo también —dijo él—. Yo también he rezado.

Volvió a entrar una enfermera; comprobó el goteo de la botella.

Entró un médico y dijo cómo se llamaba. Llevaba mocasines.

—Vamos a bajarlo para hacerle más radiografías —dijo—. Y queremos examinarle con el escáner.

—¿El escáner? —preguntó la madre. Estaba de pie, entre el médico y la cama.

—No es nada —dijo él.

—Dios mío —dijo ella.

Entraron dos enfermeros. Traían una especie de cama con ruedas. Desconectaron el tubo y, con suavidad, pasaron al niño a la cama con ruedas.

No trajeron al niño a su cuarto hasta después del amanecer. El padre y la madre entraron en el ascensor tras los enfermeros. Subieron y llegaron a la habitación. Una vez más, ambos tomaron asiento junto a la cama.

Esperaron todo el día. El niño no despertaba. El médico vino de nuevo y examinó otra vez al chico y salió del cuarto después de repetir las mismas cosas de la víspera. Entraron enfermeras. Entraron médicos. Entró un auxiliar de laboratorio y le extrajo muestras de sangre.

—No lo entiendo —le dijo la madre al asistente.

—Son órdenes del doctor —dijo el auxiliar de laboratorio.

La madre fue hasta la ventana y miró el aparcamiento. Coches con los faros encendidos llegaban y partían. Se quedó allí, con las manos sobre el alféizar. Y se decía a sí misma: nos está pasando algo, algo muy grave.

Tenía miedo.

Vio cómo un coche se paraba y subía en él una mujer con un largo abrigo. Imaginó que era aquella mujer. Imaginó que se alejaba de allí en aquel coche rumbo a cualquier otro lugar.

El médico entró en el cuarto. Parecía más bronceado y saludable que nunca. Fue hasta la cama y examinó al chico. Dijo:

—Sus constantes son buenas. Todo está bien.

La madre dijo:

—Pero sigue dormido.

—Sí —dijo el médico.

El marido dijo:

–Está agotada. Está muerta de hambre.

El médico dijo:

–Debería descansar. Debería comer algo. Ann...

–Gracias –dijo el marido.

Se dieron la mano, y el médico les dio unas palmaditas en el hombro. Luego salió.

–Creo que uno de los dos debería ir a casa a ver cómo están las cosas –dijo el hombre–. Hay que dar de comer al perro.

–Llama a algún vecino –dijo la esposa–. Alguien lo hará si se lo pides.

La mujer trató de pensar en quién. Cerró los ojos y trató simplemente de pensar. Al poco dijo:

–A lo mejor lo hago yo misma. A lo mejor, si no estoy aquí mirándole, vuelve en sí. A lo mejor no despierta porque estoy aquí mirándole.

–Puede que sea eso –dijo el marido.

–Me iré a casa y tomaré un baño y me cambiaré de ropa.

–Creo que es eso lo que debes hacer –dijo el hombre.

La mujer cogió el bolso. Su marido la ayudó a ponerse el abrigo. Se dirigió hacia la puerta, y se volvió. Miró al niño y luego al padre. El hombre hizo un gesto afirmativo con la cabeza y sonrió.

Pasó el cuarto de enfermeras y llegó al final del pasillo, donde al doblar la esquina vio una pequeña sala de espera. Había en ella una familia, que estaba sentada en sillas de mimbre. Un hombre en camisa caqui con una gorra de béisbol echada hacia la coronilla; una mujer corpulenta en bata y zapatillas; una chica en vaqueros, con docenas de trenzas ensortijadas. La mesa estaba atestada de envoltorios de papel encerado y de poliestireno y de barritas para remover el café y de bolsitas de sal y pimienta.

—Nelson —le dijo la mujer—. ¿Se trata de Nelson?

Sus ojos se agrandaron.

—Dígame, señora —dijo—. ¿Se trata de Nelson?

Intentaba levantarse de la silla. Pero el hombre la sujetaba por el brazo.

—Vamos, vamos —dijo el hombre.

—Lo siento —dijo la madre de Scotty—. Estoy buscando el ascensor. Tengo a mi hijo en el hospital. No encuentro el ascensor.

—Está por allí —dijo el hombre, y señaló con el dedo la dirección correcta.

—A mi hijo lo ha atropellado un coche —dijo la madre de Scotty—. Pero se pondrá bien. Está conmocionado, aunque puede que también esté en una especie de coma. Eso es lo que nos preocupa, lo del coma. Voy a salir un rato. Quizá tome un baño. Pero mi marido se ha quedado con él. Cuidándole. Es posible que cuando me vaya haya algún cambio. Mi nombre es Ann Weiss.

El hombre se movió en su silla. Sacudió la cabeza.

—Nuestro Nelson... —dijo.

Enfiló el camino de entrada. El perro salió corriendo de la parte de atrás de la casa. Corría en círculos sobre la hierba. La mujer cerró los ojos y dejó que su cabeza descansara sobre el volante. Escuchó el ralentí del motor.

Se apeó y fue hasta la puerta. Entró y encendió las luces y puso agua para hacer té. Abrió una lata y dio de comer al perro. Se sentó en el sofá con una taza de té.

Sonó el teléfono.

—¡Sí! —dijo—. ¡Diga!

—¿La señora Weiss? —dijo una voz de hombre.

—Sí —dijo ella—. Soy la señora Weiss. ¿Se trata de Scotty?

—Scotty —dijo la voz—. Se trata de Scotty —siguió la voz—. Tiene que ver con Scotty, sí.

DILES A LAS MUJERES QUE NOS VAMOS

Bill Jamison había sido siempre el mejor amigo de Jerry Roberts. Ambos habían crecido en la zona sur, cerca del viejo parque de atracciones. Habían ido juntos a la escuela primaria y luego a la secundaria, y más tarde entraron juntos en Eisenhower, donde hicieron cuanto estuvo en su mano para tener el mayor número de profesores comunes, se intercambiaron camisas y suéteres y pantalones con pinzas, y salieron y fornicaron con las mismas chicas, e hicieron todas esas cosas que suelen salir al paso normalmente.

En el verano conseguían trabajos juntos: macerar melocotones, recoger cerezas, deshebrar lúpulo, cualquier cosa que les proporcionase algo de dinero y en donde no hubiera que soportar a un patrón al acecho. Y compraron un coche a medias. El verano anterior a su último curso, juntaron el dinero y se compraron un Plymouth rojo del 54 por 325 dólares.

Lo compartieron. Y todo salió perfectamente.

Pero Jerry se casó antes de que finalizara el primer semestre, y abandonó los estudios para tomar un empleo fijo en el centro comercial Robby's.

En cuanto a Bill, también él había salido con la chica. Carol, se llamaba, y se llevaba muy bien con Jerry, y Bill iba a visitarlos siempre que podía. Tener amigos casados le hacía sentirse más mayor. Solía ir a almorzar o a cenar, y escuchaban a Elvis o a Bill Haley y los Comets.

Pero a veces Carol y Jerry empezaban a ponerse a tono sin importarles que Bill estuviera delante, y entonces Bill se levantaba y se excusaba y se iba andando hasta la estación de servicio Dezorn's a tomarse una Coca-Cola, pues en el apartamento de Jerry no había más que una cama abatible en la sala de estar. O bien ellos se metían en el cuarto de baño, y Bill se iba a la cocina y fingía interesarse por la alacena o el frigorífico mientras trataba de no escuchar.

Así que Bill empezó a no ir tan a menudo; y, después de graduarse en junio, consiguió un empleo en la fábrica Darigold y se alistó en la Guardia Nacional. Al cabo de un año tenía a su cargo su propia ruta lechera y mantenía relaciones formales con Linda. De modo que Bill y Linda iban a visitar a Jerry y Carol, y bebían cerveza y oían discos.

Carol y Linda se llevaban bien, y a Bill le halagó que Carol le dijera –así, confidencialmente– que Linda era una «persona auténtica».

También a Jerry le gustaba Linda.

«Es fantástica», decía Jerry.

Cuando Bill y Linda se casaron, Jerry fue el padrino de boda. La fiesta, naturalmente, fue en el Donnelly Hotel, y Jerry y Bill se cogieron del brazo y se bebieron el ponche de un trago y se despacharon a gusto con toda clase de diabluras. Pero en determinado momento, en medio de toda aquella alegría, Bill miró a Jerry y pensó en lo mucho que había envejecido, pues tenía veintidós años y aparentaba muchos más. Para entonces tenía ya dos hijos y había ascendido en Robby's a adjunto a la gerencia, y había otro retoño en camino.

Se veían todos los sábados y domingos, y más a menudo si había una fiesta. Cuando hacía buen tiempo, Bill y Linda iban a casa de Jerry, y hacían perritos calientes en la barbacoa, mientras dejaban a los niños en la piscina portátil que Jerry había conseguido por cuatro perras –al igual que tantas otras cosas– en el centro comercial donde trabajaba.

Jerry tenía una bonita casa. Estaba sobre una colina desde donde se divisaba el Naches. Había otras casas en las cercanías, pero no muy próximas. A Jerry le iban las cosas a pedir de boca. Cuando Bill y Linda y Jerry y Carol se reunían, lo hacían siempre en casa de Jerry, pues era él quien tenía la barbacoa y los discos y la chiquillería que no paraba de dar la lata.

Sucedió un domingo en casa de Jerry.

Las mujeres estaban en la cocina preparando las cosas. Las hijas de Jerry jugaban en el jardín. Lanzaban una pelota de plástico a la piscinita, chillaban y se metían a chapotear detrás de ella.

Jerry y Bill, echados en las tumbonas del patio, bebían cerveza y descansaban.

Bill llevaba el peso de la conversación: hablaba de gente que conocían, de Darigold, del Pontiac Catalina de cuatro puertas que pensaba comprarse.

Jerry miraba fijamente el tendedero, o el Chevy descapotable del 68 que estaba en el garaje. Bill pensó que Jerry iba a acabar por quedarse ensimismado, mirando como miraba todo el tiempo fijamente y sin decir esta boca es mía.

Bill se movió en su tumbona y encendió un cigarrillo.

Preguntó:

–¿Te sucede algo, muchacho? Quiero decir…, ya sabes.

Jerry acabó su cerveza y aplastó la lata. Se encogió de hombros.

–Ya sabes –dijo.

Bill asintió con la cabeza.

Luego Jerry dijo:

–¿Qué tal si nos damos una vuelta?

–Me parece perfecto –dijo Bill–. Les diré a las mujeres que nos vamos.

Tomaron la carretera del río Naches rumbo a Gleed. Conducía Jerry. El día era cálido y soleado, y el aire azotaba el interior del coche.

—¿Adónde vamos? —dijo Bill.

—Vamos a echar unas partidas de billar.

—Estupendo —dijo Bill. Se sentía mucho mejor viendo a Jerry animado.

—Hay que salir de vez en cuando —dijo Jerry. Miró a Bill—. Me entiendes, ¿no?

Sí, Bill le entendía. Le gustaba ir con los compañeros de la fábrica a jugar en la liga de bolos del viernes por la noche. Le gustaba irse un par de veces a la semana después del trabajo a tomarse unas cervezas con Jack Broderick. Sabía que los jóvenes tienen que salir de vez en cuando.

—Al pie del cañón —dijo Jerry mientras aparcaba sobre la grava de la entrada del Rec Center.

Entraron. Bill sostuvo la puerta para que pasara Jerry, y al pasar Jerry le dio un puñetazo suave en el estómago.

—¡Qué hay, gente!

Era Riley.

—¿Cómo estáis, chicos?

Riley salía de detrás de la barra sonriendo abiertamente. Era un hombre corpulento. Llevaba una camisa hawaiana de manga corta que le colgaba fuera de los tejanos. Riley repitió:

—¿Cómo os va, chicos?

—Venga, calla y ponnos un par de Olys —pidió Jerry, guiñando un ojo a Bill—. ¿Y tú cómo estás, Riley? —dijo Jerry.

Riley continuó:

—¿Qué tal van las cosas, chicos? ¿Dónde os habíais metido? ¿Tenéis algún lío de faldas? La última vez que te vi, Jerry, tenías a la parienta de seis meses.

Jerry se quedó quieto unos instantes, y pestañeó.

—¿Qué hay de esos Olys? —dijo Bill.

Se sentaron en unos taburetes cerca de la ventana. Jerry dijo:

—¿Qué clase de local es éste, Riley, sin una sola chica un domingo por la tarde?

Riley rió. Dijo:

—Imagino que están todas en la iglesia rezando para conseguir marido.

Se tomaron cinco latas de cerveza cada uno y tardaron dos horas en jugar tres partidas de 61 y dos de billar ruso. Riley, sentado en un taburete, hablaba y miraba cómo jugaban. Bill no paraba de mirar primero su reloj y luego a Jerry.

Bill dijo:

—Bueno, ¿en qué piensas, Jerry? Repito, ¿en qué piensas?

Jerry acabó la lata, la aplastó y se quedó un momento con ella en la mano, dándole vueltas.

Una vez en la carretera, Jerry empezó a pisarle a fondo: a veces ponía el coche a ciento treinta y ciento cuarenta kilómetros por hora. Acababan de adelantar a una vieja furgoneta cargada de muebles cuando vieron a las dos chicas.

—¡Mira eso! —dijo Jerry, reduciendo la marcha—. Ya les haría yo algo a esas dos.

Jerry siguió como un kilómetro y salió de la carretera.

—Volvamos —dijo—. Intentémoslo.

—Joder —dijo Bill—. No sé.

—Ya les haría yo algo —insistió Jerry.

Bill dijo:

—Sí. Pero no sé...

—Joder, venga —dijo Jerry.

Bill miró el reloj y luego miró en torno. Dijo:

—Suelta el rollo tú. Yo estoy desentrenado.

Jerry hizo sonar la bocina mientras giraba en redondo.

Cuando llegó a la altura de las chicas redujo la velocidad. Hizo entrar el Chevy en el arcén. Las chicas siguieron pedaleando en dirección opuesta, pero se miraron una a otra y rieron. La que iba más pegada a la cuneta era alta y esbelta y tenía el pelo oscuro; la otra era rubia y más menuda. Las dos llevaban *shorts* y blusas que les dejaban al descubierto la espalda.

–Putas –dijo Jerry.

Esperó a que pasaran los coches para poder cruzar y cambiar el sentido de la marcha.

–La morena es para mí –dijo Jerry–. La pequeña es tuya.

Bill se echó hacia atrás en su asiento y se tocó el puente de las gafas de sol.

–Ésas no van a hacer nada –dijo.

–Pronto las tendrás a tu lado –dijo Jerry.

Cruzó la autopista y enfiló la dirección contraria.

–Prepárate –dijo.

–Hola –dijo Bill cuando alcanzaron a las chicas–. Me llamo Bill.

–Muy bonito –dijo la morena.

–¿Adónde vais? –dijo Bill.

Las chicas no respondieron. La pequeña rió. Siguieron pedaleando y Jerry siguió conduciendo.

–Eh, venga. ¿Adónde vais? –dijo Bill.

–A ningún sitio –dijo la pequeña.

–¿Y dónde es ningún sitio?

–Ya te gustaría saberlo –dijo la pequeña.

–Te he dicho mi nombre –dijo Bill–. ¿Cuál es el tuyo? Mi amigo se llama Jerry.

Las chicas se miraron y rieron.

Apareció un coche a la zaga. El conductor tocó el claxon.

–¡Piérdete! –gritó Jerry.

Aceleró hasta despegarse de las bicicletas y dejó que el coche lo adelantara. Luego retrocedió hasta situarse al lado de las chicas.

Bill dijo:

—Os damos un paseo. Os llevamos a donde queráis. Lo prometo. Tenéis que estar cansadas de darles a los pedales. Tenéis pinta de cansadas. No es bueno el exceso de ejercicio. Y menos para las chicas.

Las chicas rieron.

—¿Lo veis? —dijo Bill—. Ahora venga, decidnos cómo os llamáis.

—Yo soy Barbara, y ésta es Sharon —dijo la menuda.

—¡Perfecto! —dijo Jerry—. Ahora entérate de adónde van.

—¿Adónde vais? —quiso saber—. ¿Eh, Barbara?

La chica rió.

—A ninguna parte —dijo—. Por la carretera.

—¿Pero por la carretera adónde?

—¿Te importa que se lo diga? —le dijo Barbara a su amiga.

—No, me da igual —dijo la amiga—. Me da exactamente igual. No voy a ir a ninguna parte con nadie —dijo la chica que se llamaba Sharon.

—¿Adónde vais? —dijo Bill—. ¿Vais a Picture Rock?

Las chicas rieron.

—Allí es adonde van —dijo Jerry.

Apretó el acelerador del Chevy, adelantó a las chicas y se metió en el arcén: ahora habrían de pasar a su lado.

—No seáis así —dijo Jerry. Y luego dijo—: Venga. Ya hemos sido presentados —dijo.

Las chicas pasaron de largo.

—¡No os voy a morder! —gritó Jerry.

La morena miró hacia atrás. A Jerry le pareció que le miraba con ojos propicios. Pero con una chica nunca se sabe.

Jerry volvió como un rayo a la calzada; de los neumáticos salieron disparados guijarros y tierra.

—¡Ya nos veremos! —les gritó Bill al pasar a su lado.

—Está en el bote —dijo Jerry—. ¿No has visto la mirada que me ha echado la muy guarra?

—No sé —dijo Bill—. Quizá sería mejor que volviéramos a casa.

—¡Pero si está hecho! —dijo Jerry.

Salió de la carretera y se detuvo bajo unos árboles. La carretera se bifurcaba allí, en Picture Rock, de donde partía un ramal para Yakima y otro para el Naches, Enumclaw, el puerto de Chinook y Seattle.

A unos cien metros de la autopista se alzaba una alta e inclinada masa de roca negra, parte integrante de una cadena poco elevada de colinas llenas de senderos y pequeñas cuevas, en cuyas paredes podían verse numerosas inscripciones indias. El lado escarpado de la roca daba a la carretera, y sobre él había escritas cosas como éstas: NACHES 67 — LOS WILDCATS DE GLEED — JE-SÚS NOS SALVA — DERROTAD A YAKIMA — ARREPENTÍOS.

Se quedaron dentro del coche, fumando. Los mosquitos trataban de picarles en las manos.

—Cómo me gustaría tener una cerveza —exclamó Jerry—. Iría a beberme una.

—Y yo —dijo Bill, y miró el reloj.

Cuando divisaron a las chicas, Jerry y Bill salieron del coche. Y se apoyaron sobre el paragolpes delantero.

—Recuerda —dijo Jerry, apartándose del coche—. La morena es mía. Tú te encargas de la otra.

Las chicas dejaron las bicicletas en el suelo y tomaron uno de los senderos. Desaparecieron tras un recodo y volvieron a aparecer un poco más arriba. Ahora estaban allí, quietas, y miraban hacia abajo.

—¿Para qué nos seguís, chicos? —gritó la morena.

Jerry tomó el sendero.

Las chicas se volvieron y se alejaron de nuevo a buen paso.

Bill fumaba un cigarrillo, y se paraba de vez en cuando para dar una honda chupada. Cuando llegaron a un recodo, miró hacia atrás y vio el coche.

—¡Muévete! —dijo Jerry.

—Ya voy —dijo Bill.

Siguieron subiendo. Pero Bill tuvo que recuperar el resuello. Ya no podía ver el coche. Tampoco la carretera. A su izquierda pudo ver una franja del Naches, que se extendía hacia abajo como una tira de papel de aluminio.

Jerry dijo:

—Vete por la derecha y yo iré de frente. Les cortaremos el paso a esas calientapollas.

Bill asintió con la cabeza. Jadeaba demasiado para poder hablar.

Siguió subiendo durante un rato; el sendero empezó a descender y a encaminarse hacia el valle. Bill miró y vio a las chicas. Se habían puesto en cuclillas tras un saliente del terreno. Tal vez estaban sonriendo.

Bill sacó un cigarrillo. Pero no pudo encenderlo. Entonces vio a Jerry. Y después de aquello, ya no importaba.

Lo que Bill había querido era follar con ellas. O verlas desnudas. Pero tampoco le habría importado mucho que la cosa no saliera.

Nunca llegó a saber lo que quería Jerry. Pero todo empezó y acabó con una piedra. Jerry utilizó la misma piedra con las dos chicas: primero con la que se llamaba Sharon y luego con la que se suponía que le iba a tocar a Bill.

DESPUÉS DE LOS TEJANOS

Edith Packer tenía el auricular de la casete en el oído, y fumaba un cigarrillo de los de su marido. La televisión estaba encendida y sin sonido, y ella estaba sentada en el sofá con las piernas recogidas y pasaba las páginas de una revista. James Packer salió del cuarto de invitados, que era donde había instalado su oficina, y Edith Packer se quitó el cable del oído. Dejó el cigarrillo en el cenicero, extendió el pie y meneó los dedos a modo de saludo.

Él dijo:

—Entonces, ¿vamos o no vamos?

—Ya voy —dijo ella.

A Edith Packer le gustaba la música clásica. A James Packer no. Había sido contable, y estaba retirado. Pero seguía haciéndoles la declaración de la renta a algunos viejos clientes y no quería oír música mientras estaba trabajando.

—Si vamos a ir, vámonos ya.

Miró la televisión, luego fue a apagarla.

—Ya voy —dijo ella.

Cerró la revista y se levantó. Salió de la habitación y fue a la parte trasera de la casa.

Él la siguió para cerciorarse de que la puerta de atrás quedaba cerrada y la luz del porche encendida. Luego esperó un buen rato en la sala.

De su casa al centro social se tardaba diez minutos en coche; se perderían, pues, la primera partida.

En el lugar donde siempre aparcaba había una vieja furgoneta pintada con signos y dibujos, de modo que James tuvo que seguir hasta el final de la manzana.

—Hay cantidad de coches esta noche —dijo Edith.

Él dijo:

—No habría tantos si hubiéramos llegado a tiempo.

—Habría los mismos. Sólo que no los habríamos visto.

Le pellizcó en la manga, para fastidiarlo.

Él dijo:

—Edith, si queremos jugar al bingo, tenemos que llegar pronto.

—Calla —dijo Edith Packer.

James encontró un sitio, y aparcó. Apagó el motor y las luces. Dijo:

—No sé si voy a tener suerte esta noche. Cuando estaba haciendo los impuestos de Howard presentía que iba a tener suerte. Pero ahora creo que se me ha pasado. No creo que sea una señal de buena suerte tener que andar casi un kilómetro para jugar al bingo.

—Tú pégate a mí —dijo Edith Packer—. Te daré suerte.

—Ya no siento la suerte —dijo James—. Cierra tu puerta.

Soplaba una brisa fría. Él se subió la cremallera de la cazadora hasta el cuello, ella se ciñó el abrigo. Oyeron el oleaje rompiendo contra las rocas al pie del acantilado, detrás del edificio.

Edith dijo:

—Antes fumaré un cigarrillo de los tuyos.

Se pararon en la esquina, bajo el farol. El farol estaba roto, asegurado con alambres que se movían con la brisa y hacían sombras en la calzada.

—¿Cuándo vas a dejarlo? —dijo James, encendiendo un cigarrillo después de dar lumbre a su mujer.

—Cuando lo dejes tú. Lo dejaré cuando tú lo dejes. Lo mismo que cuando dejaste de beber. Exactamente. Cuando lo dejes tú.

—Puedo enseñarte a bordar —dijo él.

—Con uno que borde en casa, basta.

James le cogió del brazo y siguieron caminando.

Cuando llegaron a la entrada, Edith tiró el cigarrillo y lo pisó. Subieron los escalones y entraron en el vestíbulo. Había un sofá, una mesa de madera, sillas plegables apiladas. En las paredes colgaban fotografías de barcos de pesca y de buques de la armada; en una de ellas se veía un barco volcado, y un hombre de pie sobre la quilla haciendo señas con la mano.

Los Packer cruzaron el vestíbulo. James cogió del brazo a Edith al entrar en el pasillo.

Junto a la puerta del fondo había unas empleadas del club que inscribían a los recién llegados antes de que entraran en el salón. Se estaba jugando una partida. Una mujer cantaba los números desde el estrado.

Los Packer se apresuraron a sentarse en su mesa habitual, pero la hallaron ocupada por una pareja joven. La chica llevaba tejanos, lo mismo que su melenudo acompañante. A la blanquecina luz del recinto, los anillos, pulseras y pendientes conferían a la chica una apariencia rutilante. Cuando los Packer se acercaron a la mesa, la chica se volvió hacia su pareja y puso un dedo sobre un número de su cartón. Luego le pellizcó el brazo. El joven llevaba la melena recogida hacia atrás y atada en la nuca, y —según pudieron observar los Packer— le colgaba un pequeño anillo de oro del lóbulo de una oreja.

James condujo a Edith hasta otra mesa, y se volvió para mirar de nuevo antes de sentarse. Se quitó la cazadora y ayudó a Edith a despojarse del abrigo, y luego se quedó mirando a la pareja que había ocupado su sitio. La chica recorría con la mirada sus cartones a medida que iban cantando los números, y se inclinaba a un lado para comprobar también los de su compañero, como si —pensó James— éste no tuviera juicio suficiente para ocuparse de sus propios números.

James cogió el montoncito de cartones que había sobre la mesa. Le tendió la mitad a Edith.

—Elige algún ganador —dijo—. Yo voy a coger estos tres de encima. Pero da igual los que escoja, Edith. Creo que esta noche no voy a tener suerte.

—No te fijes más en ellos —dijo la mujer—. No hacen daño a nadie. Son jóvenes, eso es todo.

James dijo:

—Es la noche de bingo para este vecindario.

Ella dijo:

—Éste es un país libre.

Edith le devolvió el montoncito de cartones, y él lo dejó al otro extremo de la mesa. Luego cogieron judías del platillo.

James sacó un billete de un dólar del fajo de las veladas de bingo. Lo puso junto a sus cartones. Una de las empleadas —una mujer delgada de pelo azulado, con un lunar en el cuello, a quien los Packer conocían por Alice— pasaría en seguida con un bote de café. Recogería monedas y billetes, y daría el cambio del bote. Era esta mujer u otra empleada quien pagaba los premios.

La mujer del estrado cantó «I-25», y alguien de la sala gritó: «¡Bingo!»

Alice se abrió paso entre las mesas. Cogió el cartón ganador y lo tuvo en la mano mientras la mujer del estrado leía los números ganadores.

—El bingo es correcto —confirmó Alice.

—¡Damas y caballeros, este bingo se pagará a doce dólares! —anunció la mujer del estrado—. ¡Enhorabuena al ganador!

Los Packer jugaron otras cinco partidas sin éxito. James estuvo a punto de ganar con uno de sus cartones. Pero se cantaron seguidos cinco números distintos a los suyos, y alguien cantó bingo con el quinto.

—Por poco lo consigues —dijo Edith—. He estado mirando tu cartón.

—Me ha estado poniendo los dientes largos —dijo James.

Inclinó el cartón y dejó que las judías cayeran en su mano. Luego la cerró y agitó las judías en el puño. Le vino a la memoria algo sobre un chiquillo que tiraba unas judías por la ventana. El recuerdo le llegó de muy lejos, y le hizo sentirse solo.

—Quizá cambiando los cartones —dijo Edith.

—No es mi noche —dijo James.

Volvió a mirar a la pareja de jóvenes. Se reían de algo que el chico había dicho. James advirtió que no prestaban atención a nadie salvo a ellos mismos.

Alice recogió el dinero de la partida siguiente, y, tan pronto como se cantó el primer número, James vio cómo el joven de los tejanos ponía una judía sobre un cartón que no había pagado. Se cantó el segundo número, y James vio que el joven volvía a hacer lo mismo. Se quedó perplejo. No podía concentrarse en sus cartones. Siguió alzando la vista para observar los manejos del tipo de los tejanos.

—James, mira tus cartones —dijo Edith—. Te has dejado el N-34. Presta atención.

–El tipo que nos ha quitado el sitio está haciendo trampas. No puedo creerlo –dijo James.

–¿Qué trampas? –preguntó Edith.

–Está jugando con un cartón que no ha pagado –dijo James–. Habría que denunciarlo.

–No tienes por qué hacerlo tú, querido –dijo Edith. Había hablado despacio, tratando de mantener los ojos en sus cartones. Puso una judía sobre un número.

–Ese tipo está haciendo trampas –dijo James.

Ella cogió una judía de la mano y la colocó sobre uno de los números.

–Juega tus cartones –dijo.

James volvió a mirar sus cartones. Pero sabía que era preferible dar por perdida la partida. No había forma de saber qué números se había saltado. Apretó las judías dentro del puño.

La mujer del estrado cantó: «G-60.»

Alguien gritó: «¡Bingo!»

–¡Dios! –dijo James Packer.

Se anunció un descanso de diez minutos. El juego que seguiría a este descanso sería un juego «a ciegas», a dólar el cartón. El ganador se llevaría la bolsa, que aquella semana era de noventa y ocho dólares.

Hubo silbidos y aplausos.

James miró a la pareja. El tipo se tocaba el anillo de la oreja y miraba al techo. La chica le había puesto una mano sobre la pierna.

–Tengo que ir al baño –dijo Edith–. Dame tus cigarrillos.

James dijo:

–Traeré café y pastelillos de pasas.

–Voy al cuarto de baño –dijo Edith.

Pero James Packer no fue por pastelillos y café. Fue a situarse tras la silla del joven de los tejanos.

—He visto lo que estás haciendo.

El joven se dio la vuelta.

—Disculpe —dijo, y le miró fijamente—. ¿Qué estoy haciendo?

—Lo sabes perfectamente —dijo James.

La chica sostuvo en la mano su pastelillo a medio comer.

—Yo ya te lo he advertido —dijo James.

Y volvió a su mesa. Estaba temblando.

Edith, al volver, le devolvió los cigarrillos y se sentó. No habló, ya no era la Edith jovial de siempre.

James la miró atentamente. Dijo:

—Edith, ¿ha pasado algo?

—Estoy manchando otra vez —dijo ella.

—¿Manchando? —dijo él. Pero sabía de qué se trataba—. Manchando —dijo otra vez, en voz muy baja.

—Oh, cariño —dijo Edith, cogiendo unos cartones y eligiendo entre ellos.

—Creo que debemos irnos a casa —dijo él.

Ella siguió escogiendo cartones.

—No, quedémonos. Sólo es un goteo, nada más.

James le tocó la mano.

—Nos quedamos —dijo ella—. No va a pasar nada.

—Ésta es la peor noche de bingo de toda mi vida —dijo James.

Jugaron la partida «a ciegas», y James vigiló al joven de los tejanos. El tipo seguía con lo mismo, seguía jugando cartones que no había pagado. De vez en cuando, James miraba a Edith para ver cómo iba. Pero no había forma de saberlo. Edith tenía los labios apretados, y ello podía significar cualquier cosa: determinación, pesar, dolor. O tal vez era simplemente que le apetecía poner así los labios en aquella partida concreta.

James tenía un cartón a falta de tres números y otro a falta de cinco y un tercero sin posibilidad alguna cuando la chica del joven de los tejanos empezó a gritar: «¡Bingo! ¡Bingo! ¡Bingo! ¡Tengo bingo!»

El tipo aplaudió y gritó con ella:

—¡Tiene un bingo! ¡Tiene un bingo, señores! ¡Bingo!

Y siguió aplaudiendo.

En esta ocasión fue la mujer del estrado quien se acercó hasta la mesa de la chica a cotejar su cartón con el panel de los números. Y dijo:

—Esta joven tiene un bingo. ¡Y el premio es de noventa y ocho dólares! Señoras y señores, felicitémosle con un aplauso. ¡Es un bingo! ¡El bingo «ciego»!

Edith aplaudió con el resto de la gente, pero James mantuvo las manos sobre la mesa.

El tipo de los tejanos abrazó a la chica cuando la mujer del estrado les entregó el dinero.

—Se lo gastarán en drogas —dijo James.

Siguieron jugando. Se quedaron hasta que se jugó el último bingo. Era un bingo llamado «el progresivo»: la bolsa se incrementaba semana tras semana si nadie cantaba bingo antes de determinada cantidad de números.

James puso su dinero sobre la mesa y jugó su cartón sin esperanza de ganar. Se limitaba a esperar, pues estaba convencido de que el joven de los tejanos cantaría aquel bingo.

Pero nadie lo cantó. La bolsa se sumaría a la de la semana siguiente: una suma más elevada que nunca.

—¡Y esto ha sido todo por esta noche! —proclamó la mujer del estrado—. Gracias por venir. Dios les bendiga, y buenas noches.

Los Packer salieron del salón con el resto de la gente, pero se las arreglaron para situarse detrás del tipo de los tejanos y su chica. Vieron cómo la chica se daba palmaditas en el bolsillo. Vieron cómo rodeaba con el brazo la cintura del tipo.

—Deja que se adelanten —le dijo James a Edith en el oído—. No soporto verlos.

Edith no contestó nada. Pero se retrasó un poco para dejar que la pareja se alejara un trecho.

Fuera soplaba el viento. James creyó oír el oleaje por encima del ruido de los motores que arrancaban. Vio a la pareja pararse junto a la furgoneta. Por supuesto. Debería haber sabido desde el principio que era de ellos.

—El muy imbécil —dijo James Packer.

Edith entró en el cuarto de baño y cerró la puerta. James se quitó la cazadora y la puso sobre el respaldo del sofá. Encendió la televisión, se sentó en su sitio y esperó.

Al rato Edith salió del baño. James estaba atento al televisor. Edith fue a la cocina y abrió el grifo. James oyó cómo luego lo cerraba. Edith entró en la sala y dijo:

—Creo que tendré que ir mañana por la mañana a que me vea el doctor Crawford. Creo que me está pasando algo serio ahí abajo.

—Maldita suerte —dijo James.

Edith se quedó de pie moviendo la cabeza. Se tapó los ojos y se apoyó contra el pecho de James cuando éste se acercó a ella y la rodeó con sus brazos.

—Edith, mi queridísima Edith —dijo James Packer.

Se sentía torpe y aterrado. Y se quedó allí quieto, abrazando con desmaña a su esposa.

Ella alzó la boca y le besó en los labios; luego le dio las buenas noches.

James Packer fue al frigorífico. Abrió la puerta y se quedó mirando su interior mientras tomaba zumo de tomate. El aire gélido le daba en la cara. Miró los pequeños paquetes y envases con alimentos sobre las rejillas, el pollo envuelto en plástico transparente, los productos pulcros y bien conservados.

Cerró la puerta del frigorífico y escupió el resto del zumo en la pila. Se enjuagó la boca y se preparó una taza de café. Fue con ella a la sala. Se sentó frente al televisor y encendió un cigarrillo. Comprendió que bastaba con un loco y una tea para acabar con todo.

Fumó y se tomó el café, y luego apagó el televisor. Fue hasta la puerta del dormitorio y se quedó escuchando durante un rato. Pero le pareció poco digno estar allí de pie, escuchando.

¿Por qué no le ocurriría eso a otra? ¿Por qué no a aquella pareja del bingo? ¿Por qué no a todas esas gentes que andan por la vida libres como pájaros? ¿Por qué no a ellos en lugar de a Edith?

Se retiró de la puerta del dormitorio. Pensó en dar un paseo. Pero ahora el viento era muy fuerte; oyó cómo las ramas del abedul gemían detrás de la casa.

Volvió a sentarse ante el televisor. Pero no lo encendió. Siguió fumando y pensó en los andares lentos y arrogantes de aquella pareja que iba delante de ellos hacia la furgoneta. Si ellos supieran... Si alguien les hiciera comprender... ¡Sólo una vez!

Cerró los ojos. Se levantaría pronto y haría el desayuno. La acompañaría a ver al doctor Crawford. ¡Si aquellos jovencitos se tuvieran que sentar con él en la sala de espera! ¡Les diría lo que les esperaba! ¡Bien que les desengañaría a esos irresponsables! Les diría lo que le espera a uno después de los tejanos y los pendientes, después de andar magreándose y haciendo trampas.

Se levantó y fue al cuarto de invitados y encendió la lámpara de la cabecera de la cama. Echó una ojeada a sus papeles y a los libros de contabilidad y a la máquina calculadora que tenía sobre su escritorio. Encontró un pijama en uno de los cajones. Abrió la cama. Luego recorrió la casa apagando las luces y comprobando las puertas. Luego se quedó mirando por la ventana de la cocina el árbol sacudido por el viento.

Dejó encendida la luz del porche y volvió al cuarto de invitados. Apartó la cesta de la calceta, cogió la cesta del bordado y se acomodó en la silla. Levantó la tapa de la cesta y sacó el aro de metal. Sobre él, tensado, el lino blanco y virgen. Acercando la minúscula aguja a la luz, James Packer enhebró en su ojo el hilo de seda azul. Y se puso a trabajar –puntada tras puntada–, mientras imaginaba que hacía señas con la mano, como el hombre que se mantenía de pie sobre la quilla.

TANTA AGUA TAN CERCA DE CASA

Mi marido come con buen apetito. Pero no creo que tenga hambre realmente. Mastica, con los brazos sobre la mesa, y fija la mirada en algo que está al otro lado de la cocina. Luego me mira a mí y desvía la vista. Se limpia la boca con la servilleta. Se encoge de hombros y sigue comiendo.

–¿Por qué me miras? –dice–. ¿Por qué? –dice, y deja el tenedor sobre la mesa.

–¿Te estaba mirando? –digo, y meneo la cabeza.

Suena el teléfono.

–No contestes –dice.

–Puede que sea tu madre.

–Cógelo y no digas nada.

Levanto el auricular y escucho. Mi marido deja de comer.

–¿Qué te dije? –dice cuando cuelgo. Sigue comiendo. Luego tira la servilleta sobre el plato y dice–: Maldita sea. ¿Por qué la gente no se ocupa de sus asuntos? ¡Dime lo que hice mal, te escucho! Yo no era el único que estaba allí. Lo hablamos y lo decidimos entre todos. No podíamos darnos la vuelta así por las buenas. Estábamos a ocho kilómetros del coche. No consiento que me juzgues. ¿Entiendes?

–Ya lo sabes –le digo.

Él dice:

—¿Qué es lo que sé, Claire? Dime lo que se supone que sé. Yo no sé más que una cosa. —Me dirige una mirada que él cree muy significativa—. Estaba muerta —dice—. Y lo siento como el que más. Pero estaba muerta.

—Ésa es la cuestión —digo yo.

Levanta las manos. Aparta la silla de la mesa. Saca los cigarrillos y sale a la parte de atrás con una lata de cerveza. Veo cómo se sienta en una silla del jardín y vuelve a coger el periódico.

Su nombre está en primera plana. Junto con los de sus amigos.

Cierro los ojos y me apoyo en la pila. Luego barro el escurridero con el brazo y mando todos los platos al suelo.

Él no se mueve. Sé que lo ha oído. Levanta la cabeza como si siguiera escuchando. Pero, aparte de eso, no se mueve. No se vuelve.

Gordon Johnson y Mel Dorn y Vern Williams y él juegan al póquer y a los bolos y van a pescar. Van a pescar en primavera y a principios del verano, antes de que lleguen las visitas de los parientes. Son gente honrada, hombres de su casa, hombres que se ocupan de su trabajo. Tienen hijos e hijas que van al colegio con nuestro hijo Dean.

El viernes pasado estos hombres caseros salieron rumbo al río Naches. Aparcaron el coche en las montañas y siguieron a pie hasta el sitio donde habían decidido pescar. Cargaron con los sacos de dormir, la comida, las barajas y el whisky.

Vieron a la chica antes de acampar. La encontró Mel Dorn. Estaba completamente desnuda. El cuerpo se había quedado enganchado en unas ramas que sobresalían del agua.

Mel llamó a los demás y todos fueron a mirar. Hablaron acerca de qué hacer. Uno de ellos —Stuart no me ha dicho quién— dijo que lo que tenían que hacer era volver inmediatamente. Los otros se pusieron a remover la arena con los pies y dijeron que no tenían ningunas ganas de volver. Alegaron cansancio, la hora avanzada, el hecho de que la chica no iba a marcharse a ninguna parte.

Al final siguieron con sus planes y acamparon. Encendieron un fuego y bebieron whisky. Cuando vieron la luna en el cielo hablaron de la chica. Alguien dijo que debían asegurar el cuerpo para que no se lo llevara la corriente. Cogieron las linternas y bajaron al río. Uno de los hombres –pudo ser Stuart– se metió en el agua y fue hasta la chica. La cogió por los dedos y la acercó hasta la orilla. Le ató una cuerda de nailon a la muñeca y enrolló el resto de ella alrededor de un árbol.

A la mañana siguiente hicieron el desayuno, tomaron café y bebieron whisky. Luego se fueron a pescar cada uno por su lado. Por la noche hicieron pescado, asaron patatas, tomaron café, bebieron whisky. Luego cogieron cacharros y platos y cubiertos y bajaron al río y los limpiaron cerca de donde estaba la chica.

Más tarde jugaron a las cartas. Puede que jugaran hasta que ya no pudieron verlas. Vern Williams se fue a dormir. Pero los demás se pusieron a contar historias. Gordon Johnson comentó que las truchas que habían pescado estaban duras debido a la tremenda frialdad del agua.

A la mañana siguiente se levantaron tarde, bebieron whisky, pescaron un poco, desmontaron las tiendas, liaron los sacos de dormir, recogieron sus cosas y volvieron caminando. Luego, en el coche, buscaron un teléfono. Fue Stuart quien hizo la llamada mientras los otros se quedaron allí al sol, escuchando. Le dio sus nombres al *sheriff*. No tenían nada que ocultar. No se avergonzaban de nada. Dijeron que esperarían hasta que llegara alguien a quien indicarle mejor el camino y que les tomara declaración.

Yo estaba dormida cuando llegó a casa. Pero me desperté cuando le oí en la cocina. Lo encontré apoyado en el frigorífico, con una lata de cerveza. Me rodeó con sus fuertes brazos y me restregó la espalda con sus manos grandes. En la cama me volvió a tocar, y luego se quedó quieto como si pensara en otra cosa. Yo me volví y abrí las piernas. Creo que él, después, siguió despierto.

A la mañana siguiente se levantó antes que yo. Supongo que para ver si el periódico decía algo.

A partir de las ocho, el teléfono empezó a sonar.

—¡Váyase al diablo! —le oí gritar.

El teléfono volvió a sonar al cabo de un instante.

—¡No tengo nada que añadir a lo que ya declaré ante el *sheriff!*

Colgó con brusquedad.

—¿Qué pasa? —dije.

Fue entonces cuando me contó lo que acabo de contar.

Recojo los platos rotos y salgo al jardín. Stuart está ahora tendido de espaldas en el césped, con el periódico y la lata de cerveza al alcance de la mano.

—Stuart, ¿podemos dar un paseo en coche? —digo.

Gira sobre sí mismo y me mira.

—De paso compramos cerveza —dice. Se pone en pie y al pasar me toca la cadera—. Espérame un minuto —dice.

Atravesamos el centro sin hablar. Detiene el coche junto a un supermercado, al borde de la carretera, para comprar cerveza. Veo un gran montón de periódicos en la entrada, detrás de la puerta. En el escalón de arriba, una mujer gorda con un vestido estampado le da una barra de regaliz a una chiquilla. Luego cruzamos Everson Creek y entramos en los terrenos de recreo. El arroyo pasa bajo el puente y va a dar a un gran embalse unos centenares de metros más allá. Veo en él a los hombres. Veo cómo pescan.

Tanta agua tan cerca de casa.

Digo:

—¿Por qué tuvisteis que ir tan lejos?

—No me saques de quicio —dice.

Nos sentamos en un banco, al sol. Stuart abre unas latas de cerveza. Dice:

—Tranquilízate, Claire.

—Les declararon inocentes. Dijeron que estaban locos.

Él dice:

—¿Quiénes? —Dice—: ¿De quiénes hablas?

—De los hermanos Maddox. Mataron a una chica que se llamaba Arlene Hubly. En mi pueblo. Le cortaron la cabeza y arrojaron el cuerpo al río Cle Elum. Cuando yo era niña.

—Vas a acabar exasperándome.

Miro el arroyo. Estoy en él, con los ojos abiertos, boca abajo, mirando con fijeza el musgo del fondo, muerta.

—No sé lo que te pasa —confiesa, camino de casa—. Me estás exasperando por momentos.

No hay nada que le pueda decir.

Trata de concentrarse en la carretera. Pero no deja de mirar por el retrovisor.

Él sabe.

Stuart cree que esta mañana me está dejando dormir. Pero estaba despierta mucho antes de que sonara el despertador. He estado pensando, acostada en mi lado de la cama, en el borde, lejos de sus piernas velludas.

Prepara y despide a Dean, que sale para el colegio, y luego se afeita, se viste y se va al trabajo. Se asoma dos veces al dormitorio y mira y se aclara la garganta. Pero yo no abro los ojos.

Encuentro una nota suya en la cocina. La firma: «Amor.»

Me siento en el rincón del desayuno y tomo café y dejo un redondel de color oscuro sobre la nota. Miro el periódico y lo vuelvo de un lado y de otro sobre la mesa. Luego lo deslizo hasta mí y leo lo que dice. El cuerpo ha sido identificado y reclamado. Pero ha sido necesario examinarlo, introducirle ciertas cosas, cortarlo, pesarlo, medirlo, volver a poner las cosas en su sitio y coserlo.

Me quedo sentada largo rato con el periódico en la mano, pensando. Al cabo llamo a la peluquería para reservar hora.

Estoy sentada en el secador con una revista en el regazo, y dejo que Marnie me arregle las uñas.

–Mañana voy a un funeral –digo.

–Lo siento –dice Marnie.

–Fue un asesinato –digo yo.

–Ésos son los peores.

–No es nadie muy íntimo –digo–. Pero ya sabes.

–Irá bien arreglada –dice Marnie.

Por la noche me hago la cama en el sofá, y a la mañana me levanto la primera. Pongo el café en el fuego y preparo el desayuno mientras él se afeita.

Aparece en la puerta de la cocina, con la toalla sobre el hombro desnudo, y sopesa la situación.

–Ahí está el café –digo–. Los huevos estarán dentro de un minuto.

Despierto a Dean, desayunamos los tres juntos. Cada vez que Stuart me mira, le pregunto a Dean si quiere más leche, más tostadas, etcétera...

–Te llamaré por teléfono –dice Stuart al salir.

Yo le digo:

–No creo que me encuentres en casa.

–De acuerdo –dice él–. Muy bien.

Me visto con esmero. Me pruebo un sombrero y me miro en el espejo. Le escribo una nota a Dean:

Cariño, mami tiene cosas que hacer esta tarde, pero volverá luego. Quédate en casa o en el jardín de atrás hasta que uno de los dos venga a casa.

Con amor, mami

Miro la palabra *amor* y al final la subrayo. Luego veo «jardín de atrás». ¿Sería mejor «jardín trasero»?

Atravieso en coche tierras de labrantío, campos de avena y de remolacha azucarera, dejo atrás manzanales y ganado que pasta. Y todo cambia: ahora son más cabañas que granjas, más bosques madereros que grandes huertos. Luego montañas, y allá abajo, a la derecha, lejos, veo a veces el río Naches.

Una camioneta verde aparece a mi espalda y se queda pegada detrás de mí durante varios kilómetros. Yo reduzco la velocidad cuando no debo, con la esperanza de que me adelante. Lo hago varias veces, y al final acelero. Pero también lo hago a destiempo. Me aferro al volante hasta que me duelen los dedos.

En una larga recta despejada, me adelanta. Pero por espacio de unos instantes ha ido a mi lado: es un hombre con el pelo cortado a cepillo, con camisa de faena azul. Nos miramos el uno al otro. Me saluda con la mano, toca el claxon y toma la delantera.

Reduzco la velocidad y encuentro un sitio apropiado. Me adentro en el arcén y apago el motor. Oigo el río allí abajo, más abajo de los árboles. Entonces oigo la camioneta que vuelve.

Echo el seguro de las puertas y subo las ventanillas.

—¿Se encuentra bien? —dice el hombre. Da unos golpecitos en el cristal—. ¿Está bien? —Apoya los brazos en la puerta y pega la cara a la ventanilla.

Lo miro fijamente. No se me ocurre otra cosa.

—¿Todo bien ahí dentro? ¿Cómo es que estás encerrada?

Sacudo la cabeza.

—Baja la ventanilla. —Mueve la cabeza, mira la carretera y luego me mira a mí—. Bájala ahora.

—Por favor —digo—. Tengo que irme.

—Abre la puerta —dice, como si no me hubiera oído—. Te vas a asfixiar ahí dentro.

Me mira los pechos, las piernas. Estoy segura de que es eso lo que está mirando.

—Eh, preciosa —dice—. Estoy aquí para ayudar, eso es todo.

El ataúd está cerrado y cubierto de ramos de flores. El órgano empieza a tocar en el momento en que me siento. La gente sigue entrando y buscando sitio. Hay un chico con pantalones acampanados y camisa amarilla de manga corta. Se abre una puerta y entra la familia en grupo y se dirige a un apartado con cortinas que hay a un costado. Las sillas crujen cuando los presentes se sientan. Acto seguido, un hombre apuesto y rubio con elegante traje oscuro se levanta y nos pide que inclinemos la cabeza. Dice una oración por nosotros, los vivos, y cuando termina dice una oración por el alma de la muerta.

Paso con la gente junto al ataúd. Salgo a los escalones de la entrada, a la luz de la tarde. Delante de mí baja las escaleras cojeando una mujer. En la acera mira a su alrededor.

—Bien, lo han cogido —dice—. Si es que puede servirnos de consuelo. Lo han detenido esta mañana. Lo he oído en la radio antes de venir. Es un chico de aquí, de la localidad.

Caminamos unos pasos por la acera caliente. Los coches arrancan. Alargo la mano y me agarro a un parquímetro. Capós relucientes y aletas relucientes. Mi cabeza flota.

Digo:

—Tienen amigos, esos asesinos. Nunca se sabe.

—Yo conocía a esa chica desde que era una niña —dice la mujer—. Solía venir a mi casa y yo le hacía pasteles y le dejaba que se los comiera mientras veía la televisión.

Al llegar a casa encuentro a Stuart sentado en la mesa con un whisky. Durante un instante de delirio pienso que algo le ha sucedido a Dean.

90

—¿Dónde está? —digo—. ¿Dónde está Dean?

—Fuera —dice mi marido.

Apura el whisky y se levanta. Dice:

—Creo que sé lo que necesitas.

Me pasa un brazo por la cintura y con la otra mano empieza a soltarme los botones de la chaqueta, y luego sigue con los botones de la blusa.

—Lo primero es lo primero —dice.

Dice algo más. Pero no necesito escuchar. No puedo oír nada con tanta agua corriendo.

—Está bien —digo, y termino de desabrocharme yo misma—. Antes de que venga Dean. Date prisa.

LA TERCERA DE LAS COSAS QUE ACABARON CON MI PADRE

Te diré lo que llevó a mi padre a la tumba. Lo tercero fue Dummy, la muerte de Dummy. Lo primero fue Pearl Harbor. Y lo segundo, irse a vivir a la granja de mi abuelo, cerca de Wenatchee. Allí fue donde mi padre acabó sus días. Sólo que probablemente acabaron antes.

Mi padre echó la culpa de la muerte de Dummy a la mujer de Dummy. Luego les echó la culpa a los peces. Y por último se echó la culpa a sí mismo, porque había sido él quien le enseñó el anuncio de la última página del *Field and Stream,* que ofrecía el envío de percas negras vivas a cualquier parte de los Estados Unidos.

Justo después de recibir los peces fue cuando Dummy empezó a actuar de forma extraña. Las percas le cambiaron por completo la personalidad a Dummy. Eso es lo que mi padre decía.

Nunca llegué a conocer el verdadero nombre de Dummy.[1] Si alguien lo sabía, nunca se lo oí decir. Era Dummy entonces, y hoy lo recuerdo como Dummy. Era un hombre pequeño y arrugado, calvo, bajo, pero con mucha fuerza en brazos y pier-

---

1. *Dummy:* bobo, simplón. *(N. del T.)*

nas. Cuando se reía —muy raras veces—, los labios se le replegaban sobre los dientes marrones y mellados. Esto le daba un aire astuto. Cuando le hablabas, sus ojos acuosos se quedaban fijos en tu boca, y cuando no le hablabas los fijaba en cualquier parte imprevisible de tu cuerpo.

No creo que fuese sordo realmente. O al menos no tan sordo como pretendía hacer creer. Pero lo que no podía era hablar. Eso seguro.

Sordo o no, Dummy había trabajado de peón en el aserradero desde los años veinte. La empresa era la Cascade Lumber Company, de Yakima, Washington. En los años en que lo conocí trabajaba como mozo de la limpieza. Y en todo aquel tiempo no le vi nunca con nada diferente. Quiero decir distinto del sombrero de fieltro, la camisa de faena caqui, la chaqueta de tela vaquera y el mono. En los bolsillos de la chaqueta llevaba rollos de papel higiénico, pues entre sus tareas tenía a cargo la limpieza y suministro de los retretes. Y eso le daba trabajo, ya que los hombres del turno de noche solían salir del aserradero con uno o dos rollos en la tartera.

Dummy llevaba una linterna, aunque su turno era de día. Iba provisto también de llaves inglesas, alicates, destornilladores, cinta aislante, todo lo propio del personal de mantenimiento en un aserradero. Bien, y eso hacía que le tomaran el pelo, por cómo era y porque siempre llevaba encima de todo. De los que le tomaban el pelo a Dummy, los peores eran Carl Lowe, Ted Slade y Johnny Wait. Pero Dummy se lo tomaba con calma. Creo que se había acostumbrado a ello.

Mi padre jamás le tomaba el pelo a Dummy. Al menos, que yo supiera. Papá era un hombre grande, de hombros fuertes y pelo cortado a cepillo, con papada y tripa voluminosa. Dummy siempre estaba mirándole la panza. Entraba en el taller de afilado donde trabajaba mi padre, se sentaba en una banqueta y se quedaba mirándole la panza mientras papá aplicaba las grandes ruedas de esmeril al filo de las sierras.

Dummy tenía una casa tan buena como la de cualquiera.

Era una vivienda con cubierta de papel alquitranado situada cerca del río, a ocho o nueve kilómetros de la ciudad. A unos ochocientos metros de la parte trasera de la casa, al final de unos pastos, había una gran cantera de grava que el Estado había explotado para pavimentar las carreteras de los alrededores. Se habían excavado tres enormes fosas que con los años se llenaron de agua. Más tarde las tres se unieron y llegaron a ser una.

Era una charca profunda. Y de color negruzco.

Además de una casa, Dummy tenía una esposa. Era más joven que él, y se decía que andaba con mexicanos. Mi padre decía que eran chismes de metomentodos, de tipos como Lowe y Wait y Slade.

Era una mujer menuda y robusta de ojos pequeños y brillantes. La primera vez que la vi, vi esos ojos. Fue una vez en que Pete Jensen y yo íbamos en bicicleta y nos paramos en su casa a pedir un vaso de agua.

Cuando abrió la puerta, le expliqué que era el hijo de Del Fraser. Dije:

–Trabaja con... –y me di cuenta a tiempo–. Ya sabe, con su marido. Estamos dando una vuelta en bici y hemos pensado pedirle un vaso de agua.

–Esperad aquí –dijo ella.

Volvió con una tacita de metal en cada mano. Yo me bebí la mía de un solo trago.

Pero no nos ofreció más. Nos miró en silencio. Cuando nos montábamos en las bicicletas se acercó al borde del porche.

–Eh, chicos: si tuvierais coche, me daría una vuelta con vosotros.

Sonrió de oreja a oreja. Me dio la impresión de que aquellos dientes eran demasiado grandes para aquella boca.

–Vamos –dijo Pete, y nos fuimos.

No había muchos sitios donde pescar percas en nuestra zona del estado. Lo que más había era trucha arco iris, algo de trucha común y de Dolly Varden[1] en algunos riachuelos de las montañas altas, y peces plateados en Blue Lake y Lake Rimrock. Normalmente esto era todo, si exceptuamos las migraciones de las truchas arco iris gigantes y de los salmones en algunos ríos del interior a finales del otoño. Pero si uno era pescador, eso bastaba para no cruzarse de brazos. Nadie pescaba percas. Muchos conocidos míos no habían visto percas más que en fotografías. Pero mi padre había visto muchas de niño en Arkansas y Georgia, y, como Dummy era amigo suyo, tenía grandes esperanzas de ir a pescar con él las suyas.

El día en que llegaron las percas yo había ido a nadar a la piscina de la ciudad. Recuerdo que llegué a casa y volví a salir para ir a recogerlas, pues papá iba a echarle una mano a Dummy. Eran tres tanques que venían por paquete postal desde Baton Rouge, Louisiana.

Fuimos los tres en la camioneta de Dummy, papá y Dummy y yo.

Los tanques resultaron ser en realidad cubas, embaladas todas ellas en grandes cajas de pino. Las habían dejado en el suelo a la sombra, en un extremo de la estación; papá y Dummy tuvieron que subirlas entre los dos, una a una, a la camioneta.

Dummy condujo con sumo cuidado por la ciudad, y con idéntico cuidado hasta su casa. Atravesó su parcela sin pararse. Siguió y paró la camioneta a unos palmos de la charca. Para entonces casi había anochecido. Dejó los faros encendidos y sacó de debajo del asiento un martillo y un hierro de cambiar neumáticos. Luego, entre los dos, empujaron los em-

1. *Dolly Varden:* trucha de manchas rojas en los lomos, común en los arroyos al oeste de las Montañas Rocosas. *(N. del T.)*

balajes hasta el borde del agua y se pusieron a abrir a golpes el primero.

Las cubas que venían dentro iban envueltas en arpillera, y las tapas tenían agujeros del tamaño de monedas de cinco centavos. Levantaron la primera y Dummy alumbró el interior con la linterna.

Era como si un millón de diminutas percas bulleran allí dentro, en el agua. Un espectáculo de lo más extraño: todas aquellas criaturas vivas agitándose como un pequeño océano que hubiera venido en aquel tren.

Dummy inclinó la cuba sobre el borde del agua y vació su contenido en la charca. Cogió la linterna y alumbró la superficie. Pero ya no podía verse nada. Lo que se oía era el canto de las ranas, pero a las ranas se las oía siempre en cuanto anochecía.

—Déjame las otras cajas —dijo mi padre, y se acercó a él en ademán de cogerle el martillo del bolsillo del mono. Pero Dummy retrocedió y sacudió la cabeza.

Abrió él mismo las cajas restantes, y al hacerlo se hirió la mano y dejó gotas oscuras de sangre sobre uno de los listones.

A partir de aquella noche Dummy cambió.

Ya no dejaba acercarse por allí a nadie. Valló el pasto, y luego puso alambre de espino electrificado alrededor de la charca. Contaban que la alambrada le costó todos sus ahorros.

Mi padre, claro está, dejó de tener relación con Dummy a partir de entonces. A partir de que Dummy le impidió el paso. No es que no le dejara pescar, no, ya que las percas seguían siendo alevines, sino que no le dejaba siquiera echar un vistazo.

Una noche, dos años después —papá trabajaba de noche y yo le llevaba la comida y té helado—, encontré a mi padre hablando con Syd Glover, el encargado de mantenimiento. Nada más entrar, le oí decir:

–Por su forma de actuar, se diría que el muy chiflado está casado con esos peces.

–Pues por lo que yo he oído –dijo Syd–, haría mejor poniendo la alambrada alrededor de su casa.

Entonces mi padre me vio, y vi cómo le hacía a Syd un gesto con los ojos.

Pero un mes después mi padre consiguió por fin que Dummy lo hiciera. Es decir: le explicó cómo tenía que deshacerse de las débiles para que se desarrollaran como es debido las restantes. Dummy se quedó allí de pie, tirándose de la oreja y mirando al suelo. Papá dijo que adelante, que, como había que hacerlo, bajaría él al día siguiente para encargarse de ello. Dummy, a decir verdad, en ningún momento dijo que sí. No dijo que no, simplemente. Lo único que hizo fue volver a tirarse de la oreja unas cuantas veces.

Cuando papá llegó a casa aquel día, yo estaba esperándole, ya listo. Había sacado sus viejos señuelos para percas y estaba probando con el dedo los anzuelos triples.

–¿Estás listo? –me gritó al saltar del coche–. Voy un momento al baño; pon las cosas dentro. Si quieres puedes llevar tú el coche.

Puse las cosas sobre el asiento trasero, y estaba probando el volante cuando lo vi salir con su sombrero de pesca y comiendo un trozo de pastel con las dos manos.

Mi madre, de pie en la puerta, nos miraba. Era una mujer de tez clara, con el pelo rubio peinado hacia atrás en un ceñido moño sujeto por una horquilla de bisutería. Me pregunto si salió alguna vez en aquellos días felices; o qué es lo que en realidad hacía.

Solté el freno de mano. Mi madre siguió mirando hasta que cambié todas las marchas, y entonces, aún sin sonreír, volvió a entrar en casa.

Hacía buena tarde. Llevábamos las ventanillas bajadas para que entrara el aire. Cruzamos el Moxee Bridge, torcimos hacia el oeste y tomamos Slater Road. Había campos de alfalfa a ambos lados de la carretera, y más adelante maizales.

Papá llevaba la mano fuera de la ventanilla. Dejaba que el viento se la empujara hacia atrás. No había duda de que se sentía inquieto.

No tardamos mucho en llegar a casa de Dummy. Salió; llevaba puesto su sombrero. Su mujer miraba por la ventana.

—¿Tienes preparada la sartén? —le gritó papá a Dummy, pero Dummy seguía allí quieto, mirando el coche—. ¡Eh, Dummy! —le llamó papá a voz en cuello—. ¡Eh, Dummy!, ¿dónde está tu caña, Dummy?

Dummy movió la cabeza de un lado a otro. Desplazó su peso de una pierna a otra y miró al suelo y luego nos miró a nosotros. Tenía la lengua sobre el labio inferior, y empezó a remover el polvo con el pie.

Me eché al hombro la cesta de pesca. Le alargué a papá su caña y cogí la mía.

—¿Nos vamos ya? —dijo papá—. Eh, Dummy, ¿nos vamos ya?

Dummy se quitó el sombrero y, con la misma mano, se pasó la muñeca por la cabeza. Se dio la vuelta con gesto brusco, y lo seguimos por el mullido pasto. De trecho en trecho se alzaba una agachadiza de las matas de hierba que había al borde de los viejos surcos.

Al final del prado, el terreno descendía suavemente y se hacía seco y pedregoso, con matojos de ortigas y robles arbustivos diseminados aquí y allá. Torcimos hacia la derecha y seguimos un viejo sendero de rodadas de coche y nos adentramos en un campo de algodoncillo que nos llegaba a la cintura. Los capullos secos que coronaban los tallos chasqueaban con violencia a nuestro paso. Al poco vi el brillo del agua por encima del hombro de Dummy, y le oí gritar a papá:

—¡Oh, Dios, mirad eso!

Pero Dummy aminoró el paso y siguió alzando la mano y echándose el sombrero hacia atrás y hacia delante, y al final se paró en seco.

Papá dijo:

—Bien, ¿qué te parece, Dummy? ¿Te da igual un sitio que otro? ¿Por dónde quieres que empecemos?

Dummy se mojó el labio inferior.

—¿Qué es lo que te pasa, Dummy? —dijo papá—. Es tu charca, ¿no es eso?

Dummy bajó los ojos y se quitó una hormiga del mono.

—Bien, diablos —dijo papá, respirando al fin. Sacó el reloj—. Si te sigue pareciendo bien, será mejor que nos pongamos a ello antes de que anochezca.

Dummy se metió las manos en los bolsillos y se volvió hacia la charca. Siguió andando. Lo seguimos lentamente. Ahora veíamos toda la charca; el agua se rizaba de percas inquietas. De cuando en cuando saltaba alguna limpiamente y volvía a zambullirse.

—Santo Dios —le oí decir a mi padre.

Avanzamos por un espacio abierto, una especie de playa de guijarros, y llegamos hasta la charca.

Papá se acercó a mí y se puso en cuclillas. Hice lo mismo. Miró el agua que teníamos delante, y cuando miré donde él miraba vi lo que le había hecho agacharse.

—¿Será posible? —susurró.

Una bandada de percas avanzaba lentamente por el agua; eran veinte, treinta, y ninguna de ellas de menos de dos libras. Cambiaron de dirección y se alejaron, y después dieron la vuelta y volvieron, y el grupo era tan denso que parecía que iban chocándose unas con otras. Veía sus grandes ojos de pesados párpados mirándonos al pasar. Volvieron a alejarse, y de nuevo se acercaron.

Lo estaban pidiendo. Daba igual que estuviéramos agachados o de pie. Las percas no nos prestaban la más mínima atención. Era algo digno de verse.

Nos quedamos allí sentados largo rato, mirando aquella bandada de percas que nadaba a su aire tan inocentemente, mientras Dummy no paraba de estirarse los dedos y de mirar alrededor como si esperara que apareciera alguien. Aquí y allá, por toda la charca, las percas subían y asomaban el morro o brincaban limpiamente y volvían a zambullirse o ascendían hasta la superficie y nadaban con la aleta dorsal cortando el agua.

Papá dio la señal y nos levantamos para lanzar el sedal. No exagero: la excitación me hacía temblar. Apenas pude desclavar el señuelo del mango de corcho de la caña. En el momento en que trataba de preparar los anzuelos sentí que Dummy me agarraba el hombro con sus grandes dedos. Miré, y en respuesta Dummy dirigió la barbilla hacia papá. Lo que quería no podía estar más claro: una caña nada más.

Papá se quitó el sombrero y se lo volvió a poner y se acercó hasta donde yo estaba.

–Adelante, Jack –dijo–. Está bien, hijo..., ahora hazlo.

Miré a Dummy justo antes de lanzar el sedal. Se le había puesto la cara rígida y un fino hilo de baba le caía por la barbilla.

–Respóndele con fuerza a la mamona cuando tire –dijo papá–. Estas hijas de perra tienen las bocas duras como picaportes.

Solté la palanca del freno y eché hacia atrás el brazo. Lancé el sedal a más de diez metros. El agua se encrespó antes incluso de que me diera tiempo a tensar el hilo.

–¡Dale! –gritó papá–. ¡Dale a esa hija de perra! ¡Dale fuerte!

Respondí muy fuerte, dos veces. La tenía, la tenía bien cogida. La caña se combó y brincó una y otra vez. Papá seguía gritándome qué hacer.

–¡Déjala, déjala! ¡Déjala correr! ¡Dale más hilo! ¡Ahora recoge! ¡Recoge! ¡No, déjala correr! ¡Ohhh...! ¡¿Estáis viendo eso?!

La perca bailaba de un lado a otro de la charca. Cada vez que salía fuera del agua, sacudía la cabeza con tanta violencia que hacía que el señuelo emitiera un vivo golpeteo. Luego volvía a alejarse por la charca. Pero al final acabé cansándola y teniéndola muy cerca. Era enorme, tal vez de seis o siete libras. Estaba de costado, vapuleada, con la boca abierta, haciendo trabajar las branquias. Mis rodillas estaban tan débiles que apenas podía tenerme en pie. Pero mantuve la caña en alto y el hilo tenso.

Papá entró en la charca con zapatos. Pero cuando alargó las manos para coger la perca, Dummy empezó a farfullar y a sacudir la cabeza y a agitar los brazos.

–¿Y ahora qué diablos te pasa, Dummy? El chico ha cogido la perca más grande que he visto en mi vida, y no va a dejarla ir, como hay Dios.

Dummy seguía en sus trece y hacía gestos en dirección a la charca.

–No tengo intención de soltar lo que ha pescado el chico. ¿Me oyes, Dummy? Estás muy equivocado si piensas que voy a hacerlo.

Dummy intentó cogerme el sedal. La perca, mientras tanto, había recuperado fuerzas. Se enderezó y volvió a alejarse nadando. Grité y perdí la cabeza y bajé de golpe el freno del carrete y empecé a recoger hilo. La perca emprendió una última carrera furiosa.

Y eso fue todo. El hilo se rompió. Por poco me caigo de espaldas.

–Vámonos, Jack –dijo papá, y le vi coger su caña–. Vámonos, antes de que le parta la cara a este maldito imbécil.

Aquel febrero el río se desbordó.

Había nevado mucho las primeras semanas de diciembre, y antes de Navidad hizo verdadero frío. El suelo se heló. La nieve quedó cuajada allí donde había caído. Pero hacia finales de enero azotó el viento cálido de las Montañas Rocosas. Una mañana, al despertar, lo oí golpear con violencia contra la casa y oí cómo caía del borde del tejado una especie de tenaz llovizna.

El viento azotó durante cinco días, y al tercero el río empezó a crecer.

–Ha subido a cinco metros –dijo mi padre una noche por encima del periódico–. Un metro más de lo que necesita para desbordarse. El viejo Dummy va a perder sus tesoros.

Yo quería bajar al Moxee Bridge a ver lo crecido que pasaba el río. Pero mi padre no me dejó. Dijo que una riada no era nada agradable de ver.

La máxima crecida tuvo lugar dos días después; luego el caudal empezó a descender.

Una semana más tarde, Orin Marshall y Danny Owens y yo fuimos en bicicleta una mañana a casa de Dummy. Dejamos las bicicletas y echamos a andar por el prado que lindaba con el terreno de Dummy.

Era un día húmedo, ventoso, de nubes oscuras y desgarradas que se desplazaban velozmente por el cielo. El terreno estaba empapado y no parábamos de meternos en charcos que surgían en medio de la hierba tupida. Danny, que en aquel tiempo estaba aprendiendo a maldecir, llenaba el aire con lo mejor de su repertorio cada vez que se metía en uno. Al final del prado vimos el río crecido. El agua seguía alta y fuera de su cauce, y se agolpaba alrededor de los troncos de los árboles y ganaba terreno a las orillas. Hacia la mitad del cauce la corriente se movía turbulenta y velozmente, y de cuando en cuando se veía flotar un arbusto, o un árbol con las ramas apuntando al cielo.

Al llegar a la alambrada de Dummy vimos una vaca que había quedado aprisionada contra ella. Tenía el cuerpo hinchado, y la piel brillante y gris. Era el primer cadáver de cualquier especie que veía en mi vida. Recuerdo que Orin cogió un palo y tocó con él sus ojos abiertos.

Seguimos la alambrada en dirección al río. No queríamos acercarnos a ella por temor a que siguiera estando electrificada. Pero al llegar al borde de lo que parecía un hondo canal, vimos que se había acabado la alambrada. El terreno se había hundido en el agua, sencillamente. Y con él se había hundido la alambrada.

Pasamos al otro lado y seguimos el nuevo canal, que se adentraba en el terreno de Dummy y desembocaba directamente en su charca; la atravesaba longitudinalmente y forzaba una salida al otro extremo, y torcía luego para unirse con el río más adelante.

No había duda de que la mayoría de las percas de Dummy había muerto. Pero las que se habían librado podían ir y venir a su antojo.

Entonces vi a Dummy. Y el verlo me asustó. Me acerqué a mis amigos, y los tres nos agachamos.

Dummy estaba de pie en el extremo más alejado de la charca, cerca del punto por donde el agua escapaba a raudales. Allí de pie, sin más: el hombre más triste que he visto en mi vida.

–Y sin embargo me da pena el viejo Dummy –dijo mi padre en la cena semanas después–. Claro que el pobre diablo se lo ha buscado él mismo. Pero uno no puede sino compadecerle.

Papá siguió contando que George Laycock había visto a la mujer de Dummy en el Sportsman's Club con un tipo grande, un mexicano.

–Y eso no es nada...

Mi madre le lanzó una mirada penetrante, y luego me miró a mí. Pero yo seguí comiendo como si no hubiera oído nada.

Papá dijo:

–¡Maldita sea, Bea, el chico tiene edad más que suficiente!

Había cambiado mucho. Me refiero a Dummy. Ya no se acercaba a nadie si podía evitarlo. Y a nadie se le ocurría ya hacerle bromas, al menos desde que había perseguido a Carl Lowe blandiendo un madero enorme (Carl le había dado un golpecito a su sombrero y lo había tirado al suelo). Pero lo peor de todo era que Dummy faltaba al trabajo uno o dos días a la semana, y se rumoreaba que lo iban a despedir.

–Ese hombre está perdiendo los estribos –dijo papá–. Acabará completamente loco si no se anda con ojo.

Un domingo por la tarde, días antes de mi cumpleaños, papá y yo limpiábamos el garaje. Era un día cálido e indolente. Podía verse el polvo suspendido en el aire. Mi madre salió a la puerta de atrás y dijo:

–Del, es para ti. Creo que es Vern.

Papá entró a lavarse y le seguí. Cuando terminó de hablar, colgó y se volvió hacia nosotros.

–Dummy –dijo–. Ha matado a su mujer con un martillo y después se ha ahogado. Vern acaba de oírlo en la ciudad.

Cuando llegamos vimos coches aparcados por todas partes. La verja del prado estaba abierta, y vi huellas de neumáticos que se dirigían a la charca.

La puerta de tela metálica estaba entreabierta, sujeta por una caja, y allí estaba aquel hombre delgado, de cara picada de viruela, con pantalones amplios y camisa deportiva y pistolera sobaquera. Nos observó a papá y a mí mientras bajábamos del coche.

—Era amigo mío —le dijo papá al hombre.

El hombre meneó la cabeza.

—Me tiene sin cuidado lo que fuera. Váyase de aquí a menos que tenga que hacer algo concreto.

—¿Lo han encontrado? —dijo papá.

—Están rastreando —dijo el hombre, y se ajustó la pistola en la funda.

—¿Podríamos acercarnos? Era muy buen amigo mío.

El hombre dijo:

—Arriésguese si quiere. Lo van a echar de allí: no diga que no se lo he advertido.

Nos adentramos en el prado y seguimos una senda casi idéntica a la del día de la pesca fallida. Había dos motoras recorriendo la charca, y sucias masas de gas de escape colgando sobre el agua. Vimos el sitio donde la crecida había comido el terreno y arrasado árboles y rocas. En las lanchas había hombres uniformados; rastreaban la charca aquí y allá, uno al timón y otro manejando la soga y los garfios.

Una ambulancia esperaba en la playa de guijarros donde papá y yo habíamos lanzado el sedal para pescar las percas de Dummy. Dos hombres de blanco se apoyaban sobre la trasera y fumaban cigarrillos.

Una de las lanchas paró el motor. Todos miramos. El hombre de popa se puso en pie y empezó a tirar hacia arriba con su soga. Al poco afloró a la superficie un brazo. Al parecer los garfios habían prendido a Dummy por un costado. El brazo se sumergió, y luego volvió a asomar junto con un bulto irreconocible.

No es él, pensé. Es algo que ha estado ahí abajo durante años.

El hombre de proa fue hasta la popa, y entre los dos hombres subieron el fardo empapado y lo hicieron descansar sobre un costado de la lancha.

Miré a papá. La cara que había puesto era muy extraña.

—Mujeres —dijo. Y dijo—: Ahí tienes lo que puede pasarte si te equivocas de mujer, Jack.

Pero no creo que creyese de verdad lo que decía. Creo que sencillamente no sabía a quién culpar o qué decir.

A partir de entonces creo que las cosas empezaron a irle mal a mi padre. Le pasó lo que a Dummy: ya no era el mismo. Aquel brazo saliendo del agua y volviendo a hundirse fue como un adiós a los buenos tiempos y una caída en los malos. Porque eso es lo que fueron los años que siguieron al día en que Dummy se quitó la vida ahogándose en aquella charca oscura.

¿Es eso lo que sucede cuando muere un amigo? ¿La mala suerte para los camaradas que deja atrás?

Pero, como ya he dicho, Pearl Harbor y tener que volver a la granja de su padre tampoco le hicieron ningún bien a papá.

UNA CONVERSACIÓN SERIA

Estaba el coche de Vera, y ninguno más, y Burt dio gracias por ello. Subió por el camino de entrada y se detuvo junto a la tarta que se le había caído la noche anterior. Seguía allí: el recipiente de aluminio volcado, el halo de relleno de calabaza sobre el pavimento. Era el día siguiente a Navidad.

Había ido el día de Navidad a ver a su mujer y a sus hijos. Vera le había advertido de antemano. Le había hablado con claridad. Le había dicho que tenía que marcharse antes de las seis, porque su amigo iba a venir con sus hijos a cenar.

Se habían sentado en la sala y abrían solemnemente los regalos que Burt les había traído. Abrieron los paquetes; otros paquetes, los que ellos abrirían luego, después de las seis, descansaban con sus alegres envoltorios bajo el árbol.

Miró cómo los chicos abrían sus regalos, aguardó a que Vera soltara la cinta del suyo. Vio cómo quitaba el papel, levantaba la tapa, sacaba el suéter de cachemir.

—Es muy bonito —dijo Vera—. Gracias, Burt.

—Pruébatelo —dijo su hija.

—Póntelo —dijo su hijo.

Burt miró a su hijo, agradecido por su apoyo.

Vera se lo probó. Entró en su dormitorio y salió con el suéter puesto.

—Es bonito —declaró.

—Es bonito *en ti* —puntualizó Burt; sintió que el pecho se le henchía.

Abrió sus regalos. El de Vera, un bono de compra de la *boutique* masculina Sondheim's. El de su hija, un peine y un cepillo a juego. El de su hijo, un bolígrafo.

Vera trajo unos refrescos de soda y charlaron un poco. Pero la mayor parte del tiempo la pasaron mirando el árbol. Luego su hija se levantó y empezó a poner la mesa del comedor. Su hijo se fue a su cuarto.

Pero a Burt le apetecía estar donde estaba. Le apetecía estar delante de la chimenea, con un vaso en la mano, en su casa, en su hogar.

Al cabo Vera fue a la cocina.

De cuando en cuando su hija entraba en el comedor con algo para la mesa. Burt la miraba. Vio cómo plegaba las servilletas de hilo dentro de las copas de vino. Vio cómo colocaba un estilizado florero en medio de la mesa. Vio cómo ponía una flor en el florero, y el sumo cuidado con que lo hacía todo.

Un pequeño tronco de cera y serrín ardía en la chimenea. Al pie del hogar aguardaban cinco más en una caja de cartón. Se levantó del sofá y los metió todos en el fuego. Se quedó contemplándolos hasta que ardieron. Luego acabó su refresco y se dirigió a la puerta del patio. De camino hacia allí vio las tartas alineadas en el aparador. Las cogió como pudo y las apiló sobre los brazos, las seis, una por cada diez veces que Vera le había sido infiel.

En el camino de entrada, en medio de la oscuridad, mientras trataba desmañadamente de abrir la puerta, una de las tartas se le cayó al suelo.

La puerta principal estaba siempre cerrada desde la noche en que la llave se le había roto dentro de la cerradura. Rodeó la casa hacia el patio. Había una guirnalda en la puerta. Dio unos golpecitos en el cristal. Vera estaba en albornoz. Miró hacia él y frunció el ceño. Luego entreabrió la puerta.

Burt dijo:

–Quiero disculparme por lo de anoche. También quiero disculparme ante los chicos.

Vera dijo:

–No están en casa.

Ella siguió de pie en el umbral, y él en el patio, junto al filodendro. Se quitó una hilacha de la manga.

Ella dijo:

–No lo aguanto más. Intentaste quemarnos la casa.

–No es cierto.

–Lo es. Todos fuimos testigos.

Él dijo:

–¿Puedo entrar a discutirlo?

Vera se ciñó el cuello del albornoz y se retiró hacia el interior. Dijo:

–Tengo que salir dentro de una hora.

Burt miró a su alrededor. El árbol, lleno de luces, parpadeaba. En un extremo del sofá había un montón de papeles de seda de colores y unas cuantas cajas relucientes. En el centro de la mesa del comedor quedaba una fuente con el caparazón de un pavo; los correosos restos descansaban sobre un lecho de perejil como sobre un horrible nido. Un cono de cenizas colmaba la chimenea. También podían verse dentro de ella unas cuantas latas vacías de cola Shasta. Una mancha de hollín ascendía por los ladrillos hasta la repisa de la chimenea; la madera que coronaba los ladrillos aparecía chamuscada.

Burt se volvió y fue a la cocina. Dijo:

–¿A qué hora se marchó anoche tu amigo?

–Si vas a empezar con eso, puedes irte ahora mismo –le dijo Vera.

Burt sacó una silla y se sentó a la mesa de la cocina, frente al cenicero grande. Cerró los ojos, luego los abrió. Apartó la cortina y miró el patio. Vio una bicicleta, sin la rueda delantera, colocada del revés en el suelo. Vio la maleza que crecía a lo largo de la valla de madera de secuoya.

Vera echó agua en un cazo.

–¿Te acuerdas de Acción de Gracias? Aquel día dije que era la última fiesta que nos echarías a perder. Comiendo huevos con bacon en lugar de pavo a las diez de la noche...

–Lo sé. Dije que lo sentía.

–No basta con decir lo siento.

El piloto indicador había vuelto a apagarse. Vera intentaba encender el gas para calentar el agua.

–No te quemes –dijo él–. No vayas a prenderte fuego.

Imaginó que se le prendía la ropa: él saltaba de la mesa, tiraba a Vera al suelo y la hacía rodar y rodar hasta la sala, donde la cubría con su cuerpo. ¿O debía correr al dormitorio en busca de una manta?

–¿Vera?

Vera le miró.

–¿Tienes algo de beber? Me vendría bien un trago esta mañana.

–Hay vodka en el frigorífico.

–¿Desde cuándo tienes vodka en el frigo?

–No preguntes.

–Está bien. No preguntaré.

Sacó el vodka y se sirvió en una taza que encontró en la encimera.

Ella dijo:

–¿Te lo vas a beber así, de la taza? –Dijo–: Por Dios, Burt. De todas formas, ¿de qué quieres hablar? Ya te he dicho que tengo que salir. Tengo clase de flauta a la una.

–¿Sigues con las clases de flauta?

–Acabo de decírtelo. Bueno, ¿qué? Suelta lo que tengas que decir, porque he de empezar a prepararme.

–Quería decir que lo siento.

Ella dijo:

–Ya me lo has dicho antes.

Él cambió de tema:

–Si tienes algún zumo, lo mezclaría con el vodka.

Vera abrió el frigorífico y revolvió en su interior.

–Hay zumo de manzana y arándanos.

–Perfecto.

–Voy al baño.

Burt se tomó la taza de vodka con zumo. Encendió un cigarrillo y echó la cerilla al cenicero grande que siempre dejaban sobre la mesa de la cocina. Estudió las colillas. Algunas eran de los cigarrillos de Vera, otras no. Había incluso algunas de color de lavanda. Se levantó y tiró el contenido a la basura, debajo del fregadero.

El cenicero no era en realidad un cenicero. Era un gran plato de gres que le habían comprado a un alfarero barbudo en los puestos del paseo de Santa Clara. Lo lavó con agua y lo secó. Lo volvió a poner sobre la mesa. Deshizo el cigarrillo dentro de él.

El agua del fuego empezó a borbotear al tiempo que empezó a sonar el teléfono.

Oyó cómo Vera abría la puerta del baño y lo llamaba.

–¡Contesta tú! –le gritó a través de la sala–. Estaba metiéndome en la ducha.

El teléfono de la cocina estaba en una esquina de la encimera, detrás de la bandeja de asar. Apartó la bandeja de asar y cogió el auricular.

–¿Está Charlie? –dijo la voz.

—No —dijo Burt.

—Ah, bien —respondió la voz.

Se ocupaba del café cuando el teléfono volvió a sonar.

—¿Charlie?

—No es aquí —dijo Burt.

Y dejó descolgado el teléfono.

Vera entró en la cocina cepillándose el pelo. Llevaba tejanos y un suéter.

Burt puso el café instantáneo en las tazas de agua caliente y se sirvió un chorro de vodka en la suya. Llevó las tazas a la mesa.

Vera cogió el auricular y escuchó. Dijo:

—¿Qué ha pasado? ¿Quién ha llamado por teléfono?

—Nadie —dijo él—. ¿Quién fuma cigarrillos de colores?

—Yo.

—No lo sabía.

—Pues bien, ya lo sabes.

Se sentó frente a él y tomó el café. Fumaron y utilizaron el cenicero.

Había cosas que Burt quería expresar: cosas dolorosas, cosas consoladoras, ese tipo de cosas.

—Fumo tres paquetes al día —dijo Vera—. Lo digo por si de verdad quieres saber cómo andan las cosas por aquí.

—Dios santo —dijo Burt.

Vera asintió con la cabeza.

—No he venido para oír eso —dijo él luego.

—¿Qué has venido a oír, entonces? ¿Querías oír que la casa había ardido?

—Vera —dijo Burt—. Es Navidad. Por eso he venido.

—Navidad fue ayer —dijo ella—. La Navidad vino y se fue. Yo no quiero que venga ninguna otra.

—¿Y yo? ¿Crees que yo espero con ansiedad las fiestas?

El teléfono volvió a sonar. Descolgó Burt.

—Es alguien que pregunta por Charlie —dijo.

—¿Qué?

—Charlie —dijo Burt.

Vera cogió el teléfono. Le dio la espalda a Burt mientras hablaba. Luego se volvió y dijo:

—Voy a hablar al cuarto. ¿Serás tan amable de colgar cuando yo lo coja? Lo voy a notar, así que cuelga cuando yo te avise.

Burt cogió el auricular. Vera salió de la cocina. Burt se llevó el auricular al oído y escuchó. No oyó nada. Luego oyó cómo un hombre se aclaraba la garganta. Luego oyó cómo Vera descolgaba el otro teléfono. Y la oyó gritar:

—¡Ya está, Burt! ¡Voy a hablar, Burt!

Burt colgó y se quedó allí de pie, mirando el teléfono. Abrió el cajón de la vajilla de plata y hurgó en las cosas que había dentro. Abrió otro cajón. Miró en el fregadero. Fue al comedor y cogió el cuchillo de trinchar. Lo mantuvo bajo el grifo de agua caliente hasta que la grasa se ablandó y se escurrió de la hoja. Se limpió el cuchillo en la manga. Fue hasta el teléfono, dobló el cordón y lo cortó limpiamente. Estudió los extremos. Empujó el teléfono hasta su rincón, detrás de la bandeja de asar.

Vera entró en la cocina. Dijo:

—Se ha quedado mudo. ¿Le has hecho algo al teléfono?

Miró hacia el aparato; luego lo levantó de la encimera.

—¡Hijo de perra! —gritó. Gritó—: ¡Fuera, fuera, vete donde tienes que estar! —Agitaba el teléfono en dirección a Burt—. ¡Se acabó! ¡Voy a hacer que el juez te prohíba pisar esta casa, eso es lo que voy a hacer!

El teléfono hizo *ding* cuando Vera lo dejó caer de golpe sobre el tablero.

—¡Si no te vas inmediatamente, voy ahí al lado y llamo a la policía!

Burt cogió el cenicero. Lo puso de canto sobre su palma. Adoptó la pose de un lanzador de disco.

—Por favor —dijo Vera—. Es nuestro cenicero.

Burt salió por la puerta del patio. No estaba seguro, pero creía haber demostrado algo. Confiaba en haber dejado claro algo. Y ese algo era que pronto deberían tener una conversación seria. Había cosas de las que era necesario hablar, cosas importantes que tenían que discutirse. Volverían a hablar. Quizá después de las fiestas, cuando las cosas volvieran a la normalidad. Le diría, por ejemplo, que aquel maldito cenicero no era más que un maldito plato.

Orilló la tarta del camino de entrada y subió al coche. Arrancó y metió la marcha atrás. Le resultó difícil arreglárselas hasta que dejó el cenicero a un lado.

LA CALMA

Me estaban cortando el pelo. Yo estaba sentado en el sillón de la barbería, y en los asientos de la pared de enfrente se sentaban tres hombres. A dos de los que esperaban no los había visto nunca. Pero reconocí al otro, aunque no conseguía situarlo exactamente. Seguí mirándolo mientras el peluquero me cortaba el pelo. El hombre —rechoncho, de cabello ondulado y corto— jugueteaba con un palillo de dientes que tenía entre los labios. Y entonces lo vi con gorra y uniforme y pequeños ojos vigilantes en el vestíbulo de un banco.

De los otros dos, uno era mucho mayor que el otro, y tenía cabello abundante, rizado y gris. Estaba fumando. El tercero, aunque aún joven, estaba casi calvo en la parte superior de la cabeza, pero el pelo de los lados le caía sobre las orejas. Llevaba botas de obrero forestal y pantalones con brillos de aceite de maquinaria.

El peluquero me puso la mano sobre la cabeza para darme la vuelta y poder verme mejor. Luego le dijo al guarda:

—¿Cazaste a tu ciervo, Charles?

Me gustaba este barbero. No nos conocíamos lo suficiente como para tutearnos. Pero cuando venía a cortarme el pelo, me reconocía. Sabía que hubo un tiempo en que yo solía ir a pescar. Así que hablábamos de pesca. No creo que cazara. Pero podía hablar de cualquier tema. En este aspecto, era un buen peluquero.

–Bill, es una historia rara. De lo más rara –dijo el guarda. Se quitó el palillo de la boca y lo dejó en el cenicero. Movió la cabeza–. Lo cacé y no lo cacé. Así que la respuesta es sí y no.

No me gustaba la voz de este hombre. No le cuadraba bien a un guarda de seguridad. No era la voz que uno esperaba.

Los otros dos hombres alzaron la mirada. El más viejo estaba pasando las páginas de una revista, y fumando, y el otro tipo tenía un periódico en las manos. Dejaron lo que estaban mirando y se pusieron a escuchar al guarda.

–Sigue, Charles –dijo el barbero–. Cuéntanoslo.

Me dio de nuevo la vuelta a la cabeza, y siguió trabajando con las tijeras.

–Estábamos allá arriba, en Fikle Ridge. Mi viejo y yo y el chico. Estábamos cazando en aquellas barrancas. Mi viejo se había apostado en lo alto de una, y yo y el chico en lo alto de otra. El chico tenía resaca, el muy cretino. Tenía muy mala cara y estuvo bebiendo agua todo el día, la suya y la mía. Esto era por la tarde, y llevábamos en pie desde el amanecer. Pero teníamos esperanzas. Calculábamos que los cazadores del fondo de las barrancas ahuyentarían algún ciervo hacia nosotros. Así que estábamos sentados detrás de un tronco, vigilando la barranca, cuando oímos tiros allá abajo, en el valle.

–Allí abajo hay huertos –dijo el tipo del periódico. Se movía con impaciencia y tenía cruzadas las piernas; hacía oscilar la bota un rato y luego cambiaba de pierna–. Esos ciervos siempre andan rondando los huertos.

–Es cierto –dijo el guarda–. Van por la noche, los muy bastardos, y se comen esas pequeñas manzanas verdes. Bien, oímos el tiroteo y seguimos allí, sentados mano sobre mano, cuando ese viejo ciervo enorme sale de la maleza, a menos de treinta metros de distancia. El chico lo ve al mismo tiempo que yo, claro está, y se tira al suelo y empieza a disparar. El muy imbécil. Pero el viejo ciervo no corría el menor peligro. Ninguno que pudiera venir del chico, como se vio en seguida. Pero tampoco sabía de dónde le llegaban los disparos. No sabía hacia qué lado brincar. Luego le disparé yo. Pero con la conmoción y demás, sólo conseguí aturdirlo.

—¿Aturdirlo? —dijo el barbero.

—Ya sabes, aturdido —dijo el guarda—. Fue un tiro en la panza. Lo dejó como aturdido. Así que bajó la cabeza y empezó a temblar. Temblaba de arriba abajo. El chico seguía disparando. Yo creí que estaba otra vez en Corea. Volví a disparar, pero fallé. Entonces el viejo señor ciervo se vuelve a la espesura. Pero, Dios, ya no le quedan fuerzas. El chico había vaciado su maldito rifle, y para nada. Pero yo le había dado. Le había metido un tiro en las tripas. Eso entiendo yo por aturdirlo.

—¿Y luego? —dijo el tipo del periódico, que lo había enrollado y se daba golpecitos con él en la rodilla—. ¿Y entonces? Supongo que siguió su rastro. Siempre buscan sitios difíciles para morir.

—¿Pero le siguió el rastro? —preguntó el hombre mayor, aunque no se trataba en realidad de una pregunta.

—Sí. El chico y yo le seguimos el rastro. Pero el chico no servía de mucho. Mientras lo perseguimos, se puso malo y nos hizo ir despacio. El muy zoquete. —El guarda se sintió obligado a reír ahora, al recordar la situación—. Bebiendo cerveza y persiguiendo chicas toda la noche, y luego diciendo que sabía cazar ciervos. Pero, Dios, ahora ya se ha enterado. Bien, le seguimos el rastro, por supuesto. Y era un buen rastro. Sangre por el suelo y sangre en las hojas. Sangre por todas partes. En mi vida había visto un ciervo con tanta sangre. No entiendo cómo seguía aguantando, el muy mamón.

—A veces siguen y siguen —dijo el tipo del periódico—. Y se buscan siempre sitios difíciles para morir.

–Al chico le eché una bronca por fallar. Y cuando se me puso gallito, le solté un buen bofetón. Justo aquí. –El guarda se tocó un lado de la cabeza y sonrió–. Le calenté las orejas. Maldito chico. No es muy mayor. Lo necesitaba. El asunto es que oscureció demasiado para seguir el rastro, con lo de que el chico se quedaba atrás para vomitar y demás.

–Bueno, los coyotes ya habrán dado cuenta de él a estas alturas –dijo el tipo del periódico–. Y los cuervos y los buitres.

Desenrolló el periódico, lo alisó cuidadosamente y lo dejó a un lado. Volvió a cruzar las piernas. Paseó la mirada por cada uno de nosotros y sacudió la cabeza.

El hombre mayor se había vuelto en su silla y miraba por la ventana. Encendió un cigarrillo.

–Imagino que sí –dijo el guarda–. Y es una pena. Era un hijo de perra grande y viejo. Así que, respondiendo a tu pregunta, Bill, lo cacé y no lo cacé. Pero de todas formas tuvimos carne de venado en la mesa. Porque resultó que, mientras tanto, mi viejo había cazado un ciervo pequeño. Lo tenía ya en el campamento, colgado y destripado, limpio como un silbato, con el corazón, hígado y riñones envueltos en papel encerado y metidos en la nevera. Un cervatillo casi. Sólo un pequeño bastardo. Pero mi viejo estaba como unas castañuelas.

El guarda miró de un lado a otro de la barbería como si estuviera recordando. Luego cogió el palillo de dientes y se lo volvió a meter en la boca.

El hombre mayor apagó el cigarrillo y se volvió hacia el guarda. Respiró y dijo:

–Debería estar en la barranca, buscando el ciervo, en lugar de estar aquí cortándose el pelo.

–No debería hablarme así –dijo el guarda–. Viejo de mierda. Lo tengo visto en algún sitio.

–Yo también a usted –dijo el viejo.

–Eh, muchachos, ya basta. Estamos en mi peluquería –dijo el barbero.

—Me gustaría calentarle las orejas *a usted* —dijo el viejo.

—Me gustaría que lo intentara —dijo el guarda.

—Charles —dijo el barbero.

El barbero puso el peine y las tijeras sobre el mostrador y las manos sobre mis hombros, como si temiese que estuviera pensando en saltar de la silla para meterme en el embrollo.

—Albert, llevo años cortándole el pelo a Charles y a sus chicos. Me gustaría que no siguieras con esto.

El barbero miró a uno y luego al otro, y continuó con las manos sobre mis hombros.

—Arregladlo fuera —dijo el tipo del periódico, acalorado y expectante.

—Ya basta —dijo el barbero—, Charles, no quiero oír ni una palabra más. Albert, lo mismo te digo. Basta. —El barbero se volvió al tipo del periódico—. A usted no le conozco de nada, caballero, pero le agradecería que no se metiese en este asunto.

El guarda se levantó. Dijo:

—Creo que volveré luego. Ahora la parroquia deja bastante que desear.

El guarda salió de la barbería y cerró la puerta con ruido.

El viejo siguió sentado, fumando. Miraba por la ventana. Luego se miró algo en el dorso de la mano. Se levantó y se puso el sombrero.

—Lo siento, Bill —dijo—. Creo que el pelo me aguantará unos días más.

—De acuerdo, Albert —dijo el barbero.

Cuando el viejo hubo salido, el barbero se acercó a la ventana y lo vio alejarse.

—Albert está a punto de morir de un enfisema —dijo el barbero desde la ventana—. Solíamos pescar juntos. Me enseñó todo lo que se puede saber de la pesca del salmón. Y las mujeres. Solían andar como locas detrás de ese muchacho. Pero ahora se pone de malas pulgas fácilmente. Aunque, para ser sinceros, ha habido provocación.

El hombre del periódico no podía quedarse quieto. Estaba de pie e iba de un lado para otro, parándose para mirarlo todo, el perchero de los sombreros, las fotos de Bill y sus amigos, el calendario de la ferretería y sus estampas de cada mes del año. Pasó todas las hojas. Incluso llegó a estirarse para examinar la licencia de barbería de Bill, que estaba en lo alto de la pared en un marco. Después se volvió y dijo:

–Yo también me voy.

Y así lo hizo.

–Bien, ¿quiere que le termine de cortar el pelo o no? –me dijo el barbero como si yo fuera el culpable de todo.

El barbero hizo girar la silla para que me mirase al espejo. Me puso las manos a ambos lados de la cabeza. Volvió a variar mi posición una vez más; luego bajó la cabeza y la acercó a la mía.

Miramos juntos al espejo. Me seguía sujetando la cabeza.

Yo me estaba mirando, y él me miraba también. Pero si vio algo no hizo comentario alguno sobre ello.

Me pasó los dedos por el pelo. Y lo hizo despacio, como si pensara en otra cosa. Me pasó los dedos por el pelo. Y lo hizo con ternura, como lo haría un amante.

Fue en Crescent City, California, cerca de la frontera con Oregón. Dejé la ciudad poco después. Pero hoy he estado pensando en aquel lugar, en Crescent City; en cómo estaba tratando de rehacer allí mi vida con mi mujer; en cómo –en el sillón de aquella barbería, aquella mañana– decidí dejar la ciudad. Hoy he estado pensando en la calma que sentí cuando cerré los ojos y dejé que los dedos del barbero se deslizaran por mi pelo, en la dulzura de aquellos dedos en mi pelo, que empezaba ya a crecer de nuevo.

MECÁNICA POPULAR

Aquel día, temprano, el tiempo cambió y la nieve se deshizo y se volvió agua sucia. Delgados regueros de nieve derretida caían de la pequeña ventana —una ventana abierta a la altura del hombro— que daba al traspatio. Por la calle pasaban coches salpicando. Estaba oscureciendo. Pero también oscurecía dentro de la casa.

Él estaba en el dormitorio metiendo ropa en una maleta cuando ella apareció en la puerta.

¡Estoy contenta de que te vayas! ¡Estoy contenta de que te vayas!, dijo. ¿Me oyes?

Él siguió metiendo sus cosas en la maleta.

¡Hijo de perra! ¡Estoy contentísima de que te vayas! Se echó a llorar. Ni siquiera te atreves a mirarme a la cara, ¿no es cierto?

Entonces ella vio la fotografía del niño encima de la cama, y la cogió.

Él la miró; ella se secó los ojos y se quedó mirándole fijamente, y después se dio la vuelta y volvió a la sala.

Trae aquí eso, dijo él.

Coge tus cosas y lárgate, dijo ella.

Él no respondió. Cerró la maleta, se puso el abrigo, miró a su alrededor antes de apagar la luz. Luego pasó a la sala.

Ella estaba en el umbral de la cocina, con el niño en brazos.

Quiero al niño, dijo él.

¿Estás loco?

No, pero quiero al niño. Mandaré a alguien a recoger sus cosas.

A este niño no lo tocas, le advirtió ella.

El niño se había puesto a llorar, y ella le retiró la manta que le abrigaba la cabeza.

Oh, oh, dijo ella mirando al niño.

Él avanzó hacia ella.

¡Por el amor de Dios!, dijo ella. Retrocedió unos pasos hacia el interior de la cocina.

Quiero al niño.

¡Fuera de aquí!

Ella se volvió y trató de refugiarse con el niño en un rincón, detrás de la cocina.

Pero él les alcanzó. Alargó las manos por encima de la cocina y agarró al niño con fuerza.

Suéltalo, dijo.

¡Apártate! ¡Apártate!, gritó ella.

El bebé, congestionado, gritaba. En la pelea tiraron una maceta que colgaba detrás de la cocina.

Él la aprisionó contra la pared, tratando de que soltara al niño. Siguió agarrando con fuerza al niño y empujó con todo su peso.

Suéltalo, dijo.

No, dijo ella. Le estás haciendo daño.

No le estoy haciendo daño.

Por la ventana de la cocina no entraba luz alguna. En la casi oscuridad él trató de abrir los dedos aferrados de ella con una mano, mientras con la otra agarraba al niño –que no paraba de chillar– por un brazo, cerca del hombro.

Ella sintió que sus dedos iban a abrirse. Sintió que el bebé se le iba de las manos.

¡No!, gritó al darse cuenta de que sus manos cedían.

Tenía que retener a su bebé. Trató de agarrarle el otro brazo. Logró asirlo por la muñeca y se echó hacia atrás.

Pero él no lo soltaba.

Él vio que el bebé se le escurría de las manos y estiró con todas sus fuerzas.

Así, la cuestión quedó zanjada.

TODO PEGADO A LA ROPA

Pasa en Milán las navidades y quiere saber cómo era todo cuando era una chiquilla.

Dime, dice. Cuéntame cómo era todo cuando era pequeña. Bebe Strega a pequeños sorbos, espera, lo mira atentamente.

Es una chica tranquila, delgada, atractiva, una superviviente de pies a cabeza.

Eso fue hace mucho tiempo. Fue hace veinte años, dice él.

Pero puedes recordarlo, dice ella. Continúa.

¿Qué es lo que quieres saber?, dice él. ¿Qué más puedo contarte? Podría contarte algo que sucedió cuando eras una recién nacida. Es algo que te concierne. Pero sólo en un segundo plano.

Cuéntame, dice ella. Pero antes pon otras copas para que no tengas que interrumpirte en la mitad.

Él vuelve de la cocina con las bebidas, se acomoda en la silla y empieza.

También ellos eran sólo unos chiquillos, pero estaban locamente enamorados. Él tenía dieciocho años y ella diecisiete cuando se casaron. Y poco después tuvieron una hija.

La niña nació a finales de noviembre, durante una racha de frío que coincidió con la temporada alta de las aves acuáticas.

El chico era un apasionado de la caza, ya ves. Y esto tiene su importancia.

El chico y la chica, marido y mujer, padre y madre, vivían en un pequeño apartamento, debajo del consultorio de un dentista. Por la noche, y a cambio de la renta y los servicios del apartamento, limpiaban el consultorio del dentista. En verano debían cuidar del césped y las flores. En invierno el chico quitaba la nieve y echaba sal en los senderos. ¿Me sigues? ¿Te haces una idea del cuadro que te describo?

Me hago una idea.

Estupendo, prosigue él. Bien, pues un día el dentista descubre que están usando su papel con membrete para su correspondencia personal. Pero ésa es otra historia.

Se levanta de la silla y se pone a mirar por la ventana. Ve los tejados y la nieve que cae sobre ellos con monotonía.

Cuenta la historia, dice ella.

Los dos chiquillos estaban enamorados de verdad. Y además de eso tenían grandes ambiciones. Siempre estaban hablando de las cosas que iban a hacer y de los sitios que visitarían.

Ahora el chico y la chica dormían en el dormitorio, y el bebé en el cuarto de estar. Digamos que el bebé tenía unos tres meses y que acababa de empezar a dormir toda la noche de un tirón.

Un sábado por la noche, después de limpiar el consultorio, el chico llamó desde allí a un viejo amigo de caza de su padre.

Carl, le anunció cuando el hombre descolgó el auricular, lo creas o no, soy padre.

Enhorabuena, contestó Carl. ¿Cómo está tu esposa?

Muy bien, Carl. Todos estamos bien.

Fantástico, exclamó Carl. Me alegra oírlo. Pero si llamas para ir de caza, tengo algo que decirte. Los gansos pasan a millones. No he visto tantos en mi vida. Ayer cacé cinco. Vuelvo mañana por la mañana, así que, si quieres, ven conmigo.

Claro que quiero, dijo el chico.

El chico colgó el teléfono y bajó a contárselo a la chica. La chica vio cómo preparaba sus cosas: cazadora, morral, botas, calcetines, gorro, ropa interior larga, repetidora.

¿A qué hora volverás?, dijo la chica.

Hacia el mediodía, probablemente, respondió el chico. Pero puede que no llegue hasta las seis. ¿Es demasiado tarde?

Está bien, dijo ella. El bebé y yo nos arreglaremos perfectamente. Ve y diviértete. Cuando vuelvas, nos vestimos y vamos a ver a Sally.

El chico dijo: Me parece una buena idea.

Sally era la hermana de la chica. Era deslumbrante. No sé si has visto fotos de ella. El chico estaba un poco enamorado de Sally, lo mismo que estaba un poco enamorado de Betsy, que era otra hermana de la chica. El chico solía decirle a la chica que, si no estuvieran casados, le haría la corte a Sally.

¿Y qué me dices de Betsy?, solía decir la chica. Odio admitirlo, pero pienso que es más guapa que Sally y que yo. ¿Qué me dices de Betsy?

A Betsy también, solía decir el chico.

Después de cenar, el chico subió la intensidad de la estufa y ayudó a la chica a bañar a la niña. Volvió a maravillarse ante aquella criatura que tenía sus rasgos y los rasgos de ella al cincuenta por ciento. Le puso polvos a aquel cuerpo minúsculo. Le puso polvos entre los dedos de las manos y de los pies.

Vació el agua del baño y subió arriba a mirar el cielo. Estaba encapotado, y hacía frío. El césped, lo que quedaba de él, parecía lona, tenía un aspecto rígido y gris bajo la luz de la calle.

La nieve se amontonaba a la orilla del sendero. Pasó un coche. Oyó un sonido de arena bajo sus ruedas. Se puso a imaginar cómo sería el día siguiente, los gansos batiendo el aire sobre su cabeza, la culata hundiéndose en su hombro.

Cerró la puerta con llave y bajó al apartamento.

En la cama intentaron leer. Pero los dos se quedaron dormidos, ella primero; la revista se le deslizó de las manos y quedó encima de la colcha.

Fue el llanto de la niña lo que le despertó.

La luz estaba encendida y la chica, de pie junto a la cuna, mecía a la niña en sus brazos. Luego la chica dejó al bebé, apagó la luz y volvió a meterse en la cama.

El chico oyó llorar a la niña. Esta vez la chica no se movió. La niña lloró a intervalos y acabó callándose. Él escuchó, luego dormitó. Pero el llanto del bebé volvió a despertarle. La luz de la salita estaba encendida. Se incorporó y encendió la lámpara.

No sé lo que le pasa, dijo la chica paseándose con el bebé en brazos. La he cambiado y le he dado de comer, pero sigue llorando. Estoy tan cansada que tengo miedo de que se me caiga.

Vuelve a la cama, dijo el chico. La tendré yo un rato. Se levantó y cogió a la niña. La chica volvió a acostarse.

Acúnala unos minutos, le dijo la chica desde el dormitorio. Puede que vuelva a dormirse.

El chico se sentó en el sofá con la niña en brazos. La meció sobre las piernas hasta que consiguió que cerrara los ojos, y al poco fueron cerrándose los suyos. Se levantó con cuidado y puso a la niña en la cuna.

Eran las cuatro menos cuarto: le quedaban cuarenta y cinco minutos. Se metió en la cama y se durmió. Pero transcurridos unos minutos la niña volvió a llorar, y esta vez se levantaron los dos.

El chico hizo algo terrible: soltó una maldición.

Por el amor de Dios ¿qué te pasa?, dijo la chica. Quizá esté enferma o algo así. Quizá no debíamos haberla bañado.

El chico cogió a la niña. La niña pataleó y sonrió.

Mira, dijo. No creo que le pase nada, sinceramente.

¿Cómo lo sabes?, dijo ella. Trae, déjame tenerla. Sé que tendría que darle algo, pero no sé qué.

La chica volvió a dejar a la niña en la cuna. Ambos se quedaron mirándola, y la niña empezó a llorar.

La chica la cogió. Niñita, niñita, dijo con lágrimas en los ojos.

Puede que le pase algo en el estómago, dijo el chico.

Ella no respondió. Siguió acunando a la niña sin hacerle al chico ningún caso.

El chico esperaba. Fue a la cocina y puso a hervir agua para el café. Se puso la prenda interior de lana encima del calzoncillo y la camiseta, la abotonó y empezó a ponerse la ropa.

¿Qué estás haciendo?, dijo la chica.

Me voy a cazar, dijo el chico.

No creo que debas, dijo la chica. No quiero quedarme sola con ella en este estado.

Carl cuenta conmigo, dijo él. Lo habíamos planeado.

No me importan los planes de Carl y tuyos, dijo ella. Y tampoco me importa Carl. Ni siquiera le conozco.

Conociste a Carl. Lo conoces, dijo el chico. ¿Qué quieres decir con que no lo conoces?

Ésa no es la cuestión y tú lo sabes, dijo ella.

¿Y cuál es la cuestión?, dijo el chico. La cuestión es que lo hemos planeado.

La chica dijo: Soy tu mujer. Ésta es tu hija. Está enferma, o algo le pasa. Mírala. ¿Por qué llora, si no?

Ya sé que eres mi mujer, dijo el chico.

La chica se echó a llorar. Volvió a dejar a la niña en la cuna. Pero la niña lloró otra vez. La chica se secó las lágrimas en la manga del camisón y la cogió en brazos.

El chico se ató los cordones de las botas. Se puso la camisa, el suéter, la cazadora. Oyó el pitido del hervidor de agua en la cocina.

Vas a tener que escoger. Carl o nosotras. Lo digo en serio.

¿Qué quieres decir?

Ya lo has oído, dijo la chica. Si quieres una familia, tendrás que elegir.

Se miraron fijamente. Al cabo el chico cogió su equipo de caza y salió del apartamento. Arrancó el coche. Se bajó y dio la vuelta al coche quitando a conciencia la nieve de las ventanillas.

Apagó el motor y se quedó un rato en el asiento. Luego se bajó y volvió a casa.

La luz del cuarto de estar permanecía encendida. La chica estaba dormida en la cama. La niña dormía a su lado.

Se quitó las botas. Luego se quitó lo demás. En calcetines y ropa interior de cuerpo entero, se sentó en el sofá y se puso a leer el periódico del domingo.

Ella y la niña seguían durmiendo. Al rato el chico fue a la cocina y empezó a freír bacon.

La chica se acercó en bata y rodeó al chico con los brazos.

Eh, dijo el chico.

Lo siento, dijo la chica.

No importa, dijo el chico.

No quería ser tan desagradable.

Ha sido culpa mía.

Tú quédate sentado, dijo ella. ¿Qué te parece un gofre con bacon?

Fantástico, dijo el chico.

La chica sacó el bacon de la sartén e hizo la masa para el gofre. Él se sentó a la mesa y miró cómo la chica se movía por la cocina.

La chica le puso un plato con el gofre y el bacon. El chico lo untó con mantequilla y echó sirope encima. Pero cuando empezó a cortarlo se le volcó el plato encima de los muslos.

Es increíble, dijo brincando de la mesa.

Si te vieras, dijo la chica.

El chico se miró, miró todo aquello pegado a su ropa interior de cuerpo entero.

Estaba muerto de hambre, dijo moviendo la cabeza.

Estabas muerto de hambre, dijo ella riendo.

El chico se quitó la prenda de lana y la tiró a la puerta del baño. Y abrió los brazos, y la chica se entregó a ellos.

No vamos a pelearnos más, dijo ella.

El chico dijo: No.

Se levanta de la silla y vuelve a llenar los vasos.

Ya está, dice. Fin de la historia. Admito que no es una gran historia.

Me ha interesado, dice ella.

Él se encoge de hombros y va hasta la ventana con su vaso. Ha oscurecido, pero sigue nevando.

Las cosas cambian, dice. No sé cómo. Pero cambian sin que uno se dé cuenta o lo desee.

Sí, es cierto, sólo que..., dice ella. Pero no termina lo que ha empezado.

Y deja el tema. Él ve reflejado en el cristal cómo ella se estudia las uñas. Luego ella levanta la cabeza. Pregunta con viveza si le va a enseñar la ciudad, de todas formas.

Él asiente: Ponte las botas y vámonos.

Pero se queda en la ventana, recordando. Habían reído. Se habían pegado el uno al otro y habían reído hasta que se les saltaron las lágrimas, mientras todo lo demás —el frío y el lugar adonde él iba a ir— quedaba al margen. Al menos durante cierto tiempo.

DE QUÉ HABLAMOS CUANDO HABLAMOS
DE AMOR

Estaba hablando mi amigo Mel McGinnis. Mel McGinnis es cardiólogo, y eso le da a veces derecho a hacerlo.

Estábamos los cuatro sentados en la mesa de la cocina de su casa, bebiendo ginebra. El sol, que entraba por el ventanal de detrás del fregadero, inundaba la cocina. Estábamos Mel y yo y su segunda mujer, Teresa –la llamábamos Terri–, y Laura, mi mujer. Entonces vivíamos en Alburquerque. Pero todos éramos de otra parte.

Había un cubo con hielo encima de la mesa. La ginebra y la tónica circulaban sin parar, y surgió no sé cómo el tema del amor. Mel opinaba que el verdadero amor no era otra cosa que el amor espiritual. Dijo que se había pasado cinco años en un seminario antes de salirse para estudiar medicina. Dijo que aún recordaba aquellos años del seminario como los más importantes de su vida.

Terri dijo que el hombre con quien vivía antes de vivir con Mel la quería tanto que había intentado matarla. Luego dijo:

–Una noche me dio una paliza. Me arrastró por toda la sala tirándome de los tobillos. Y me decía una y otra vez: «Te quiero, te quiero, zorra.» Y mi cabeza no paraba de golpearse contra las cosas. –Terri nos miró–. ¿Qué se puede hacer con un amor así?

Era una mujer de huesos finos y cara bonita, ojos oscuros y una melena castaña que le caía por la espalda. Le gustaban los collares de turquesas y los pendientes largos.

–Dios mío, no seas boba. Eso no es amor, y tú lo sabes –dijo Mel–. No sé cómo podríamos llamarlo, pero estoy seguro de que no debemos llamarlo amor.

–Tú dirás lo que quieras, pero sé que era amor –dijo Terri–. Puede sonarte a disparate, pero es verdad. La gente es diferente, Mel. Algunas veces actuaba como un loco, es cierto. Lo admito. Pero me amaba. A su modo, quizá, pero me amaba. En todo aquello había amor, Mel. No digas que no.

Mel suspiró. Levantó el vaso y se volvió hacia Laura y hacia mí.

–El tipo me amenazó con matarme –dijo. Apuró el vaso y alargó la mano hacia la botella de ginebra–. Terri es una romántica. Terri es de la escuela de *dame una patada-y-así-sabré-que-me amas*. Terri, cariño, no pongas esa cara. –Mel alargó la mano por encima de la mesa y tocó la mejilla de Terri con los dedos. Y le sonrió.

–Ahora quiere arreglarlo –dijo Terri.

–¿Arreglar qué? –dijo Mel–. ¿Qué es lo que tengo que arreglar? Yo sé lo que sé. Eso es todo.

–De todas formas, ¿cómo nos hemos puesto a hablar de esto? –Terri levantó el vaso y bebió–. Mel siempre tiene el amor metido en la cabeza. ¿No es verdad, cariño? –dijo. Sonrió. Pensé que el tema iba a quedar zanjado.

–Yo no llamaría amor al comportamiento de Ed. Eso es lo único que he dicho, cariño –dijo Mel–. ¿Qué opináis vosotros? –Mel se dirigía a Laura y a mí–. ¿Os parece que eso es amor?

–No soy la persona más apropiada para responder –dije yo–. Ni siquiera conocí a ese Ed. Sólo lo he oído mencionar de pasada. No me atrevo a juzgarle. Tendría que conocer los detalles. Pero creo que lo que estás diciendo es que el amor es un absoluto.

Mel dijo:

—Lo es el tipo de amor al que me refiero. El tipo de amor al que me refiero no te lleva a intentar matar gente.

Laura dijo:

—Yo no sé nada de Ed ni de la situación. Pero ¿quién puede juzgar la situación de otra persona?

Toqué el dorso de la mano de Laura. Me envió una rápida sonrisa. Le cogí la mano. Estaba cálida: las uñas pulidas: una perfecta manicura. Rodeé su ancha muñeca con los dedos y la abracé.

—Cuando me fui, se tomó un matarratas —dijo Terri. Se apretó los brazos con las manos—. Lo llevaron al hospital de Santa Fe. Vivíamos allí entonces, a unos quince kilómetros. Le salvaron la vida. Pero se le desquiciaron las encías. Quiero decir que era como si se le separaran de los dientes. Desde entonces, los dientes le sobresalían como colmillos. Dios mío —dijo Terri. Aguardó unos instantes; luego se soltó los brazos y cogió el vaso.

—¡Qué cosas llega a hacer la gente! —dijo Laura.

—Ahora está fuera de escena —dijo Mel—. Murió.

Mel me pasó el plato de limas. Cogí una cuña. La exprimí en mi vaso y removí los cubitos con los dedos.

—Es más grave que eso —dijo Terri—. Se pegó un tiro en la boca. Pero tampoco le salió bien. Pobre Ed. —Sacudió la cabeza.

—Ni pobre Ed ni nada —dijo Mel—. Era peligroso.

Mel tenía cuarenta y cinco años. Era alto y ágil y tenía el pelo rizado y suave. Cara y brazos bronceados por el tenis. Cuando estaba sobrio, sus gestos, sus movimientos, eran precisos, en extremo cuidadosos.

—Pero me amaba, Mel. Concédeme eso —dijo Terri—. Es lo único que te pido. No me amaba de la forma que tú me amas. No estoy diciendo eso. Pero me amaba. Podrás concederme eso, ¿no?

–¿Qué quieres decir con que no le salió bien? –dije.

Laura se inclinó hacia delante con el vaso. Apoyó los codos sobre la mesa y sostuvo el vaso con ambas manos. Miró a Mel y luego a Terri, y aguardó con expresión de perplejidad en su cara franca, como si se asombrara de que tales cosas les pudieran suceder a los amigos.

–¿Cómo dices que le salió mal si se mató? –dije.

–Te lo contaré yo –dijo Mel–. Cogió su pistola del veintidós, la que se había comprado para amenazarnos a Terri y a mí. Hablo en serio, ese hombre siempre estaba amenazándonos. Deberías haber visto el tipo de vida que llevábamos entonces. Éramos como fugitivos. Hasta yo me compré una pistola. ¿Podéis creerlo? ¡Un tipo como yo! Pero lo hice. Me la compré para defenderme, y la llevaba en la guantera. A veces tenía que salir del apartamento en mitad de la noche. Para ir al hospital, ya sabéis. Terri y yo no nos habíamos casado todavía, y mi primera mujer se había quedado con la casa y los chicos, con el perro, con todo, y Terri y yo vivíamos en ese apartamento. A veces, como digo, me llamaban en mitad de la noche y tenía que ir al hospital a las dos o las tres de la madrugada. El aparcamiento estaba completamente oscuro, y antes de llegar al coche me ponía a sudar. Nunca sabía si iba a salir de unos arbustos o de detrás de un coche y empezar a dispararme. Quiero decir que ese hombre estaba loco. Era capaz de ponerte una bomba, de cualquier cosa. Llamaba al servicio médico a todas horas, y decía que necesitaba hablar con el médico, y cuando me ponía al aparato me decía: «Hijo de perra, tus días están contados.» Y *cosillas* por el estilo. Daba miedo, creedme.

–A mí me sigue dando lástima –dijo Terri.

–Parece una pesadilla –dijo Laura–. ¿Pero qué sucedió exactamente después de que se pegara el tiro?

Laura es secretaria jurídica. Nos conocimos en el terreno profesional. Y antes de que nos diéramos cuenta éramos novios. Tiene treinta y cinco años, tres menos que yo. Además de

138

estar enamorados, nos gustamos mucho y disfrutamos estando juntos. Es una mujer con la que es fácil llevarse bien.

–¿Qué sucedió? –dijo Laura.

Mel dijo:

–Se pegó un tiro en la boca, en su cuarto. Alguien oyó el disparo y avisó al administrador. Entraron con una llave maestra y vieron lo que pasaba y llamaron a una ambulancia. Coincidió que yo estaba allí cuando lo llevaron, pero su estado era irreversible. Vivió tres días. La cabeza se le hinchó el doble del tamaño de una cabeza normal. Nunca había visto nada semejante, y espero no volver a verlo. Terri, al enterarse, quiso ir al hospital para estar con él. Reñimos por culpa de eso. Yo opinaba que no debía verlo en aquel estado. Pensaba que no debía verlo, y sigo pensando lo mismo.

–¿Quién se salió con la suya? –dijo Laura.

–Yo estaba con él en su habitación cuando murió –dijo Terri–. No recuperó el conocimiento en ningún momento. Pero me quedé con él. No tenía a nadie más.

–Era peligroso –dijo Mel–. Si quieres llamarlo amor, allá tú.

–Era amor –dijo Terri–. Ya sé que era un amor anormal para la mayoría de la gente. Pero estaba dispuesto a morir por su amor. Murió por él.

–Pues para mí eso no es amor, puedes estar segura –dijo Mel–. Lo que quiero decir es que nadie sabe por qué lo hizo. He visto muchos suicidas, y en mi opinión nadie ha sabido nunca por qué lo hicieron.

Mel se puso las manos en la nuca e inclinó la silla hacia atrás.

–No me interesa ese tipo de amor –dijo–. Si para ti eso es amor, allá tú.

Terri dijo:

—Estábamos asustados. Mel incluso hizo testamento, y escribió a su hermano, que había sido Boina Verde y vivía en California, diciéndole a quién debía buscar si le sucedía algo.

Terri bebió de su vaso. Dijo:

—Pero Mel tiene razón: vivíamos como fugitivos. Teníamos miedo. Mel tenía miedo, ¿verdad, cariño? Yo, en cierto momento, hasta llamé a la policía, pero no sirvió de nada. Me aseguraron que no podían actuar mientras Ed no hiciera algo concreto. ¿No tiene gracia? —dijo Terri.

Se sirvió lo que quedaba de ginebra y agitó la botella. Mel se levantó y fue al aparador. Sacó otra botella.

—Bien, Nick y yo sabemos lo que es amor —dijo Laura—. Para nosotros, por lo menos. —Laura me dio un golpecito en la rodilla con la suya—. Se supone que ahora debes decir algo —insinuó, y se volvió hacia mí sonriendo.

A modo de respuesta, cogí la mano de Laura y me la llevé a los labios. La besé con gran fruición y vehemencia. Todos mostraron su regocijo.

—Somos afortunados —dije.

—Eh, chicos —dijo Terri—. Dejadlo. Me estáis poniendo mala. Aún seguís en la luna de miel, santo Dios. Aún seguís alelados, ¿será posible? Pero ya veréis. ¿Cuánto tiempo lleváis juntos? ¿Cuánto tiempo hace? ¿Un año? ¿Más de un año?

—Un año y medio —dijo Laura, ruborizada y sonriente.

—Oh, vaya —dijo Terri—. Pues esperad un poco.

Levantó el vaso y miró a Laura.

—Estoy bromeando —dijo Terri.

Mel abrió la botella y nos sirvió ginebra.

—Vamos, muchachos —dijo—. Brindemos. Quiero proponer un brindis. Un brindis por el amor. Por el amor verdadero.

Hicimos chocar los vasos.

—Por el amor —dijimos.

Fuera, en el patio, empezó a ladrar uno de los perros. Las hojas del álamo temblón que pendían al otro lado de la ventana golpeaban tenuemente el cristal. El sol de la tarde era como una presencia en la cocina: la ancha luz de la calma y la generosidad. Podríamos haber estado en cualquier otro lugar, en algún lugar encantado. Volvimos a alzar los vasos y nos sonreímos unos a otros como niños que han pactado algo prohibido.

–Voy a explicaros lo que es el amor verdadero –dijo Mel–. Voy a poneros un buen ejemplo. Luego podréis sacar vuestras propias conclusiones. –Se sirvió ginebra. Añadió un cubito de hielo y una rodajita de lima. Esperamos, bebimos a pequeños sorbos. Laura y yo volvimos a juntar las rodillas. Le puse una mano en el muslo cálido y la dejé allí quieta.

–¿Qué es lo que cualquiera de nosotros sabe realmente del amor? –dijo Mel–. Creo que en el amor no somos más que principiantes. Decimos que nos amamos, y nos amamos, no lo dudo. Yo amo a Terri y Terri me ama a mí, y también vosotros os amáis. Ya sabéis a qué tipo de amor me refiero ahora. Al amor físico, ese impulso que te arrastra hacia alguien concreto, y al amor que inspira el ser de la otra persona. La esencia de esa persona, podríamos decir. El amor carnal y, bueno, digamos el amor sentimental, ese cuidado cotidiano para con la otra persona. Pero a veces me resulta difícil explicarme el hecho de que también debí de amar a mi primera mujer. Pero la amé, sé que la amé. Así que supongo que soy como Terri a este respecto. Como Terri y Ed. –Se quedó pensando en ello y luego continuó–: Hubo un tiempo en que creí que amaba a mi ex mujer más que a la propia vida. Pero ahora la aborrezco. De verdad. ¿Cómo se explica eso? ¿Qué ha sido de aquel amor? Qué ha sido de él, eso es lo que quisiera yo saber. Me gustaría que alguien pudiera decírmelo. Ahí tenemos a Ed. De acuerdo, otra vez Ed. Ama tanto a Terri que trata de matarla, y acaba matándose a sí mismo. —Calló y bebió un trago de ginebra—. Vosotros lleváis juntos dieciocho meses, y os amáis. Se os nota en todo. Rebosáis amor. Pero los dos habéis amado a otra gente antes de encontraros. Los dos habéis estado casados antes, igual que nosotros. Y probablemente habréis amado a otras personas antes de vuestro primer matrimonio. Terri y yo llevamos juntos cinco años, y casados cuatro. Y lo terrible, lo terrible, aunque también lo bueno, la gracia salvadora, podríamos decir, es que si algo nos pasara a alguno de nosotros, perdonadme que lo diga, si algo nos pasara a alguno de nosotros mañana, creo que el otro, la otra persona, lo pasaría mal una temporada, entendéis, pero, luego, el que sobreviviese saldría y volvería a amar, tendría a alguien muy pronto. Y todo esto, todo el amor del que hablamos no sería sino un recuerdo. Y puede que ni siquiera un recuerdo. ¿Me equivoco? ¿Estoy desbarrando? Porque quiero que me corrijáis si no estoy en lo cierto. Quiero saber. Porque no sé nada, ¿entendéis? Y soy el primero en admitirlo.

—Mel, por el amor de Dios —dijo Terri. Se inclinó hacia él y le cogió de la muñeca—. ¿Te estás emborrachando, cariño? ¿Estás borracho?

—Sólo estoy hablando, cariño —protestó Mel—. ¿Vale? No necesito estar borracho para decir lo que pienso. Estamos hablando, ¿no? —dijo, y fijó la mirada en ella.

—No te estoy criticando —dijo Terri.

Terri cogió su vaso.

—Hoy no estoy de guardia —dijo Mel—. Permíteme que te lo recuerde. No estoy de guardia.

—Mel, te queremos —dijo Laura.

Mel miró a Laura. La miró como si no lograra situarla, como si no fuera la mujer que era.

—Yo también te quiero, Laura —dijo Mel—. Y a ti, Nick. También te quiero a ti. ¿Sabéis una cosa? —se interrumpió—. Sois nuestros amigos —dijo.

Y cogió el vaso.

—Iba a contaros algo —dijo Mel—. Bueno, iba a demostrar algo. Veréis: sucedió hace unos meses, pero sigue sucediendo en este mismo instante, y es algo que debería hacer que nos avergoncemos cuando hablamos como si supiéramos de qué hablamos cuando hablamos del amor.

—Vamos, Mel —dijo Terri—. No hables como si estuvieras borracho si no lo estás.

—Cállate por una vez en la vida —dijo Mel con suma calma—. ¿Me harás ese favor, sólo durante un minuto? Como iba diciendo, hay una vieja pareja que tuvo un accidente en la autopista interestatal. Un jovencito chocó con ellos y los dejó hechos mierda. Nadie les daba muchas probabilidades de salir con vida.

Terri nos miró y luego miró a Mel. Parecía ansiosa, aunque quizás ésta sea una palabra demasiado fuerte.

Mel nos pasaba la botella.

—Yo estaba de guardia aquella noche —explicó—. Era mayo, o quizá junio. Terri y yo acabábamos de sentarnos a la mesa cuando llamaron del hospital. Era por lo de ese accidente de la interestatal. Un jovencito borracho, un adolescente, había estrellado la camioneta de papá contra el coche-caravana de los viejos. Tenían unos setenta y tantos años, los viejos. El chico, de dieciocho o diecinueve, o algo así, murió al llegar al hospital. Se le había hundido el volante en el esternón. La pareja de ancianos seguía con vida, ya veis. Bueno, malamente. Tenían de todo. Fracturas múltiples, heridas internas, hemorragias, contusiones, desgarrones, de todo... Y conmoción cerebral, los dos. Creedme, un estado lamentable. Y, claro está, la edad lo empeoraba todo. Creo que ella estaba bastante peor que él. Se le había reventado el bazo, para acabar de arreglarlo. Y tenía las dos rótulas fracturadas. Pero llevaban puestos los cinturones de seguridad, y bien sabe Dios que eso fue lo que les salvó de una muerte instantánea.

—Chicos, he aquí un aviso del Consejo Nacional de Seguridad Vial. Vuestro portavoz, el doctor Melvin R. McGinnis, al habla. –Terri rió–. Mel –dijo–, a veces eres demasiado. Pero te quiero, cariño.

—Cariño, te quiero –dijo Mel.

Adelantó el cuerpo por encima de la mesa. Terri fue a su encuentro. Se besaron.

—Terri tiene razón –dijo Mel, de nuevo en su silla–. Usad siempre los cinturones de seguridad. Pero, hablando en serio, los viejos estaban muy mal. Cuando llegué abajo, el chico había muerto, como ya os he dicho. Estaba en un rincón, tendido en una camilla. Reconocí por encima a los viejos y le dije a la enfermera de urgencias que hiciera bajar inmediatamente a un neurólogo y a un traumatólogo y a un par de cirujanos.

Bebió un trago de ginebra.

—Trataré de no extenderme –dijo–. Los subimos al quirófano y estuvimos casi toda la noche con ellos. Qué increíble resistencia la de esos viejos. Raras veces se ve algo parecido. De modo que hicimos todo lo que estaba en nuestra mano, y al filo de la mañana les dábamos un cincuenta por ciento de probabilidades, quizás algo menos a ella. Y ahí los tenéis por la mañana, vivos. Bien, pues los instalamos en Vigilancia Intensiva, se pasaron dos semanas luchando por sobrevivir, mejorando poco a poco en todos los aspectos. Así que los trasladamos a una habitación.

Mel hizo una pausa.

—Venga –dijo–. Acabemos esta maldita ginebra barata. Y nos vamos a cenar, ¿de acuerdo? Terri y yo conocemos un sitio nuevo. Cenaremos allí, en ese sitio. Pero no nos moveremos hasta que acabemos esta maldita ginebra.

Terri dijo:

—En realidad aún no hemos comido allí nunca. Pero tiene buen aspecto. Por fuera, quiero decir.

—Me gusta comer –dijo Mel–. Si volviera a empezar de nuevo, me haría *chef*, ¿sabéis? ¿Te parece bien, Terri?

Rió. Hurgó en los cubitos de hielo con los dedos.

–Terri lo sabe –dijo–. Terri puede contároslo. Pero dejad que os diga una cosa. Si pudiera volver a nacer, vivir una vida diferente, en un tiempo diferente y todo eso, ¿sabéis qué? Me gustaría ser un caballero. Uno tenía que sentirse muy seguro con aquellas armaduras. Tuvo que estar muy bien eso de ser caballero, hasta que inventaron la pólvora y los mosquetones y las pistolas.

–A Mel le gustaría ir a caballo con la lanza en ristre –dijo Terri.

–Y llevar siempre consigo un pañuelo de mujer –dijo Laura.

–O una mujer, sin más –dijo Mel.

–¿No te da vergüenza? –dijo Laura.

Terri dijo:

–Supón que volvieras como siervo. Los siervos no lo tenían tan fácil en aquellos tiempos.

–Los siervos no lo han tenido fácil nunca –dijo Mel–. Pero imagino que hasta los caballeros eran vesallos[1] de alguien. ¿No era así como funcionaban las cosas? Pero incluso hoy todos somos siempre vesallos de alguien. ¿No es cierto? ¿Eh, Terri? Pero lo que me gusta de los caballeros, aparte de sus damas, es esa armadura que llevaban. No era nada fácil herirles. En aquel tiempo no había coches. No había jovencitos borrachos que te embistieran y te rompieran la crisma.

–Vasallos –dijo Terri.

–¿Qué? –dijo Mel.

–Vasallos –repitió Terri–. Es vasallos, no vesallos.

–Vasallos, vesallos –dijo Mel–. ¿Cuál es la puta diferencia?

1. Mel dice *vessels* (vasijas, navíos) en lugar de *vassals* (vasallos). En castellano no existe una palabra que pueda confundirse con «vasallo», por lo que se ha optado por recurrir a una deformación de la palabra. *(N. del T.)*

Me has entendido, ¿no? Muy bien —dijo—. No soy culto. He aprendido lo mío. Soy cirujano del corazón, sí, pero no soy más que un mecánico. Voy y entro allí y arreglo cosas. Mierda.

—La modestia no te sienta bien —dijo Terri.

—No es más que un humilde matasanos —dije yo—. A veces, Mel, los caballeros se asfixiaban dentro de aquellas armaduras. Sufrían incluso ataques al corazón si las armaduras se calentaban en exceso, o si estaban demasiado cansados y desfallecidos. He leído en alguna parte que a veces se caían del caballo y no podían levantarse, porque el cansancio les impedía mantenerse en pie con toda aquella armadura encima. Y a veces los pisoteaban sus propios caballos.

—Terrible —dijo Mel—. Es terrible, Nicky. Los imagino tirados en el suelo, a la espera de que apareciera alguien y los convirtiera en pinchos morunos.

—Algún vesallo —dijo Terri.

—Exacto —apoyó Mel—. Aparecería algún vasallo y atravesaría a los muy bastardos en nombre del amor. O en nombre de la jodida causa por la que lucharan en aquellos tiempos.

—Las mismas por las que luchamos hoy en día —dijo Terri.

Laura dijo:

—Nada ha cambiado.

Las mejillas de Laura seguían subidas de color. Sus ojos brillaban. Se llevó el vaso a los labios.

Mel se sirvió otra copa. Miró la etiqueta detenidamente, como si estudiara la larga hilera de números. Luego dejó la botella sobre la mesa, con lentitud, y alargó la mano despacio hacia el agua tónica.

—¿Qué pasó con la pareja de ancianos? —dijo Laura—. No has acabado de contar la historia.

Laura tenía dificultades para encenderse el cigarrillo. Las cerillas se le apagaban una y otra vez.

La luz del sol, dentro de la cocina, era ahora diferente: cambiaba, se hacía más tenue. Pero las hojas del otro lado de la ventana seguían trémulas, y me puse a mirar las formas que dibujaban en los cristales y en el tablero de formica. No eran formas iguales, claro está.

–¿Qué pasó con los viejos? –dije.

–Más viejos pero más sabios –dijo Terri.

Mel la miró con fijeza.

Terri dijo:

–Sigue con la historia, cariño. Era una broma. ¿Qué pasó?

–Terri, a veces... –dijo Mel.

–Mel, por favor –dijo Terri–. No seas tan serio siempre, cariño. ¿No soportas una broma?

–¿Dónde está la broma? –dijo Mel.

Sostuvo el vaso en la mano y miró fijamente a su mujer.

–¿Qué pasó? –dijo Laura.

Mel clavó la mirada en Laura. Dijo:

–Laura, si no tuviera a Terri y si no la amara tanto, y si Nick no fuera mi mejor amigo, me enamoraría de ti. Y te llevaría conmigo.

–Cuéntanos la historia –dijo Terri–. Y luego nos vamos a ese restaurante nuevo, ¿de acuerdo?

–De acuerdo –dijo Mel–. ¿Dónde estaba? –Se quedó mirando la mesa; luego siguió con la historia–: Iba a verlos a los dos todos los días, y hasta *dos* veces al día cuando tenía que quedarme a visitar a otros enfermos. Escayolados y vendados, de la cabeza a los pies, los dos. Ya sabéis, lo habéis visto en las películas. Ése era el aspecto que tenían, igual que en las películas. Sólo unos agujeritos para los ojos y para la nariz y la boca. Y ella, para colmo, con las piernas en alto. Bien, pues el marido estaba deprimido la mayor parte del tiempo. Incluso después de enterarse de que su mujer saldría de aquélla. Seguía muy deprimido. Pero no por el accidente. Me refiero a que el accidente era una cosa, sí, pero no lo era todo. Yo me acercaba al agujero de su boca, y él me decía que no, que no era por el accidente exactamente, sino porque no podía verla por los agujeros de los ojos. Decía que era eso lo que le hacía sentirse así de mal. ¿Os lo imagináis? Podéis creerme, al hombre se le rompía el corazón al no poder volver la jodida cabeza para *ver* a su jodida esposa.

Mel nos miró a unos y a otros y, ante lo que estaba a punto de decir, meneó la cabeza.

—Digo que lo que estaba matando a aquel memo era que no podía *mirar* a su jodida mujer.

Los tres miramos a Mel.

—¿Entendéis lo que quiero decir? –dijo.

Puede que para entonces estuviéramos ya un poco borrachos. Sé que nos resultaba difícil mantener las cosas en su justo punto. La luz se retiraba ya de la cocina, se iba a través de la ventana hacia el lugar de donde procedía. Y sin embargo nadie hizo el más mínimo ademán de levantarse para encender la luz de encima de nuestras cabezas.

—Escuchad –dijo Mel–. Acabemos esta puta ginebra. Todavía queda para una ronda más. Luego nos vamos a cenar. A ese sitio nuevo.

—Está deprimido –dijo Terri. Luego dijo–: Mel, ¿por qué no te tomas una pastilla?

Mel sacudió la cabeza.

—Ya he tomado todo lo que hay.

—A todos nos hace falta una pastilla de vez en cuando –dije.

—Hay gente que las necesita desde que nace –dijo Terri.

Frotaba con el dedo algo que había encima de la mesa. Luego dejó de hacerlo.

—Creo que me apetece llamar a mis hijos –dijo Mel–. ¿Os importa? Voy a llamar a mis hijos.

Terri dijo:

—¿Y si contesta al teléfono Marjorie? Eh, chicos, ¿os hemos

hablado de Marjorie? Cariño, sabes muy bien que no quieres hablar con Marjorie. Te hará sentirte peor.

—No quiero hablar con Marjorie —dijo Mel—. Pero quiero hablar con mis hijos.

—No pasa un día sin que Mel diga que tiene ganas de que su ex mujer vuelva a casarse. O de que se muera —dijo Terri—. En primer lugar —dijo—, nos está arruinando. Mel dice que si no se casa es sólo para fastidiarle. Tiene un novio que vive con ella y con los niños. Así que Mel mantiene también al novio.

—Marjorie es alérgica a las abejas —dijo Mel—. Cuando no rezo para que vuelva a casarse, rezo para que se le eche encima un maldito enjambre de abejas y la mate a aguijonazos.

—Debería darte vergüenza —dijo Laura.

—Bzzzzz —dijo Mel, convirtiendo sus dedos en abejas y haciéndolas zumbar en dirección a la garganta de Terri. Después dejó caer las manos a ambos lados—. Es perversa —dijo Mel—. A veces se me ocurre ir a su casa vestido de apicultor. Ya sabes: con esa especie de yelmo con la plancha que te tapa la cara, los guantes enormes y el traje acolchado. Llamo a la puerta y suelto el enjambre dentro de la casa. Pero antes tendría que asegurarme de que no estuvieran los chicos, por supuesto.

Cruzó las piernas. Le llevó su tiempo hacerlo. Luego puso los pies en el suelo y se inclinó hacia delante, con los codos sobre la mesa y la barbilla en el hueco de las manos.

—Puede que no llame a mis hijos. Puede que la idea no sea tan buena. Puede que lo que hagamos sea irnos a cenar. ¿Qué os parece?

—A mí me parece bien —dije—. Comer o no comer. O seguir bebiendo. Yo podría seguir hasta que anochezca.

—¿Qué quieres decir, cariño? —dijo Laura.

—Exactamente lo que he dicho —dije yo—. Que podría seguir. Eso es todo lo que he dicho.

—Pues yo comería algo —dijo Laura—. Creo que no he tenido tanta hambre en mi vida. ¿Hay algo para picar?

—Sacaré queso y galletas —dijo Terri.

Pero Terri siguió sentada. No se levantó, ni trajo nada.

Mel volcó su vaso. Lo derramó sobre la mesa.

—Se acabó la ginebra —dijo.

—¿Y ahora qué? —dijo Terri.

Oía los latidos de mi corazón. Oía el corazón de los demás. Oía el ruido humano que hacíamos allí sentados, sin que nadie se moviera lo más mínimo, ni siquiera cuando la cocina quedó a oscuras.

UNA COSA MÁS

La noche en que Maxine volvió del trabajo y encontró a L. D., su marido, otra vez borracho y tratando mal a Rae, de quince años e hija de ambos, acabó diciéndole a L. D. que se largara de casa. L. D. y Rae estaban en la mesa de la cocina, discutiendo. Maxine ni siquiera tuvo tiempo de dejar el bolso o quitarse el abrigo.

Rae dijo:

—Díselo, mamá. Dile lo que hemos estado hablando.

L. D. hacía girar el vaso en la mano, pero no bebía. Maxine lo miraba con ojos fieros e inquietantes.

—No metas las narices en lo que no tienes ni idea —dijo L. D.—. No puedo tomar en serio a alguien que se pasa todo el día sentada leyendo revistas de astrología.

—Esto no tiene nada que ver con la astrología —dijo Rae—. No tienes por qué insultarme.

Rae, por su parte, llevaba semanas faltando al colegio. Decía que nadie podría hacer que volviera. Maxine decía que era otra tragedia más en una larga serie de tragedias baratas.

—¡Por qué no os calláis los dos! —dijo Maxine—. Dios santo, ya me ha empezado el dolor de cabeza.

—Díselo, mamá —dijo Rae—. Dile que todo está en la cabeza. Cualquiera que sepa algo de esto te dirá que es ahí donde está todo.

—¿Y qué me dices de la diabetes? —dijo L. D.—. ¿Y de la epilepsia? ¿Puede controlarlas el cerebro?

Alzó el vaso casi hasta los ojos de Maxine y apuró su contenido.

—La diabetes también —dijo Rae—. Y la epilepsia. ¡Cualquier cosa! El cerebro es el órgano más poderoso del cuerpo, para que te enteres.

Cogió los cigarrillos de L. D. y encendió uno.

—¿Y el cáncer? ¿Qué me dices del cáncer? —dijo L. D.

Pensó que ahora la había pillado. Miró a Maxine.

—No sé cómo hemos empezado —le dijo.

—¿El cáncer? —dijo Rae, y movió la cabeza ante la simpleza de L. D.—. También el cáncer. El cáncer *empieza* en el cerebro.

—¡Qué locura! —dijo L. D., y golpeó la mesa con la palma de la mano. El cenicero saltó. El vaso se volcó y rodó hasta caer fuera de la mesa—. ¡Estás loca, Rae! ¿Lo sabías?

—¡Cállate! —dijo Maxine.

Se soltó el abrigo y puso el bolso sobre la encimera. Miró a L. D. y le espetó:

—L. D., estoy harta. Y Rae también lo está. Y cualquiera que te conozca. He estado dándole vueltas. Quiero que te vayas de casa. Esta noche. En este instante. Ahora. Márchate de casa ahora mismo.

L. D. no tenía intención de irse a ninguna parte. Desplazó la vista de Maxine al tarro de encurtidos que seguía en la mesa desde el almuerzo. Lo cogió y lo arrojó contra la ventana de la cocina.

Rae brincó de la silla.

—¡Dios mío! ¡Está loco!

Fue hasta su madre y se puso a su lado. Aspiró el aire casi en un jadeo.

—Llama a la policía —dijo Maxine—. Se ha puesto violento. Sal de la cocina antes de que te haga daño. Llama a la policía.

Retrocedieron hacia la puerta de la cocina.

–Me voy –dijo L. D.–. De acuerdo, me voy ahora mismo. Me viene como anillo al dedo. Estáis locas. Esto es un manicomio. Hay otra vida ahí afuera. Creedme, no es nada agradable este manicomio.

Sintió en la cara el viento que entraba por el agujero del cristal.

–Ahí es donde me voy. Ahí fuera –dijo, y apuntó con el dedo.

–Estupendo –dijo Maxine.

–Muy bien, me voy –dijo L. D.

Dio un manotazo contra la mesa. Echó hacia atrás la silla bruscamente. Se levantó.

–No volveréis a verme más.

–Me has hecho más que suficiente para que te recuerde –dijo Maxine.

–De acuerdo –dijo L. D.

–Venga, vete –dijo Maxine–. Soy yo quien paga el alquiler, y te digo que te vayas. Ahora mismo.

–Me voy –dijo L. D.–. No me metas prisa –dijo–. Me voy.

–Pues vete –dijo Maxine.

–Me voy de este manicomio –se despidió L. D.

Fue al dormitorio y sacó del armario una de las maletas de Maxine. Era una vieja maleta de piel sintética blanca, que tenía roto uno de los cierres. Maxine, en sus tiempos de estudiante, la llenaba de suéteres cuando hacía el equipaje para ir a la universidad. Él también había ido a la universidad. Tiró la maleta sobre la cama y empezó a meter su ropa interior, sus pantalones, sus camisas, sus jerséis, su viejo cinturón de cuero con hebilla de latón, sus calcetines y todas sus pertenencias. De la mesilla cogió unas revistas: lecturas para más tarde. Cogió el cenicero. Metió todo lo que pudo, todo lo que cabía en la maleta. Cerró el lado que no tenía roto el cierre, apretó la correa. Y entonces se acordó de sus cosas de aseo. Encontró la bolsa de vinilo de sus cosas de afeitar en el estante de arriba del armario, detrás de los sombreros de Maxine. Metió en ella la maquinilla y la crema de afeitar, los polvos de talco, el desodorante de barra y el cepillo de dientes. Metió también la pasta de dientes. Y luego el hilo dental.

Podía oírlas hablando en voz baja en la sala.

Se lavó la cara. Metió el jabón y la toalla en la bolsa de vinilo. Luego metió el platillo del jabón y el vaso del lavabo, y las tijeras de uñas y las tenacillas de rizar pestañas de Maxine.

No pudo cerrar la bolsa, pero no importaba. Se puso el abrigo y cogió la maleta. Pasó al cuarto de estar.

Maxine, al verlo, rodeó el hombro de Rae con el brazo.

—Ya está —dijo L. D.—. Es el adiós. No sé qué más decir; sólo añadir que imagino que no volveré a verte nunca más. Ni a ti —le dijo a Rae—. Ni a ti ni a tus ideas dementes.

—Vete —dijo Maxine. Cogió de la mano a Rae—. ¿Es que no has hecho ya suficiente daño en esta casa? Vete, L. D. Vete de aquí y déjanos vivir en paz.

—Recuérdalo —dijo Rae—. Está en tu cabeza.

—Me voy. Es lo único que puedo decir —dijo L. D.—. A cualquier sitio. Lejos de este manicomio —dijo—. Eso es lo principal.

Echó una última mirada a la sala. Luego se cambió de mano la maleta y se puso la bolsa de vinilo bajo el brazo.

—Me mantendré en contacto, Rae. Maxine, a ti también te convendría salir de esta casa de locos.

—Eres tú el que la ha convertido en una casa de locos —dijo Maxine—. Si es una casa de locos, eres tú el que has hecho que lo sea.

L. D. dejó la maleta en el suelo y dejó encima la bolsa de vinilo. Se adelantó y se plantó frente a ellas.

Ellas retrocedieron.

—Cuidado, mamá —dijo Rae.

–No le tengo miedo –dijo Maxine.

L. D. se puso la bolsa bajo el brazo y cogió la maleta. Dijo:

–Sólo quiero decir una cosa más.

Pero le resultó imposible imaginar cuál podía ser aquella cosa.

ÍNDICE

¿Por qué no bailáis? 9
Visor 17
El señor «Café» y el señor «Arreglos» 23
Belvedere 27
Veía hasta las cosas más minúsculas 35
Bolsas 41
El baño 51
Diles a las mujeres que nos vamos 61
Después de los tejanos 71
Tanta agua tan cerca de casa 83
La tercera de las cosas que acabaron con mi padre 93
Una conversación seria 109
La calma 117
Mecánica popular 123
Todo pegado a la ropa 127
De qué hablamos cuando hablamos de amor 135
Una cosa más 151